U0025955
014
REKI KAWAHARA abec bee-pee
SWORD ART ONLINE
alicization uniting
SAO
SWORD ART ONLINE

「尤吉歐……
你還記得教你這招劍技的人嗎？」
桐人 §
迷途闖進神祕「假想世界」Underworld的少年。
為了離開這裡而朝著「中央聖堂」的
最上層前進。

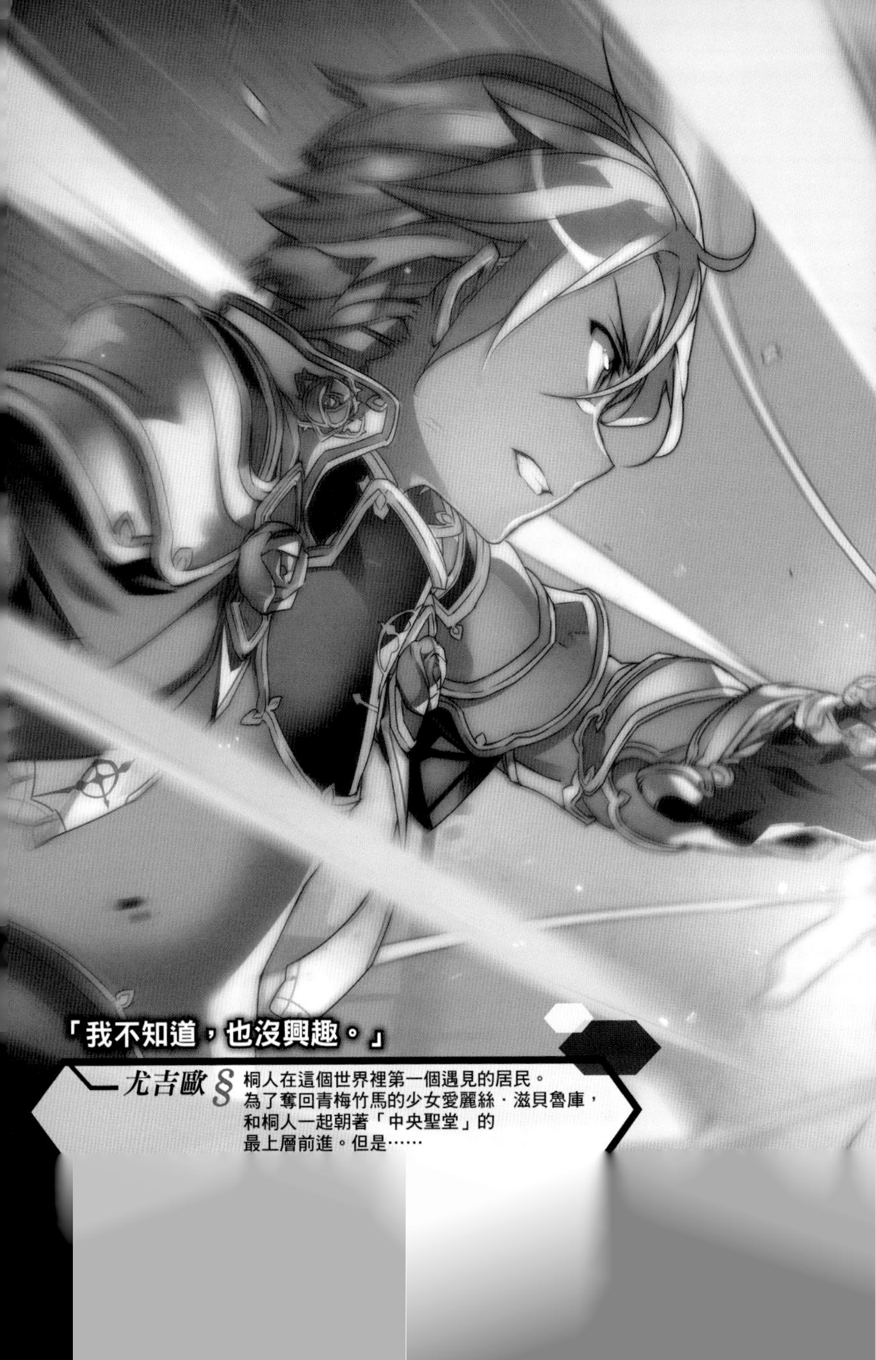
「我不知道，也沒興趣。」
尤吉歐
§
桐人在這個世界裡第一個遇見的居民。
為了奪回青梅竹馬的少女愛麗絲．滋貝魯庫，
和桐人一起朝著「中央聖堂」的
最上層前進。但是……

「這……這是……！」

「Release recollection！」

最高司祭
亞多米尼史特蕾達

§ 在「地底世界」裡靠自己能力學會系統指令概念，擁有稀世天分的少女。目前是住在「中央聖堂」最上層的「人界」支配者。

「不會吧……！」
愛麗絲・
辛賽西斯・
薩提
§ 尤吉歐一直在尋找的少女。
但在接受過「合成祕儀」後，
成為效忠於「亞多米尼史特蕾達」的
整合騎士。

「那就戰鬥啊！把傷全部治好後，和我打一場啊！」

「我的……劍已經……折斷了……」

「中央聖堂」
最上層

鑲在
天花板裡的
水晶

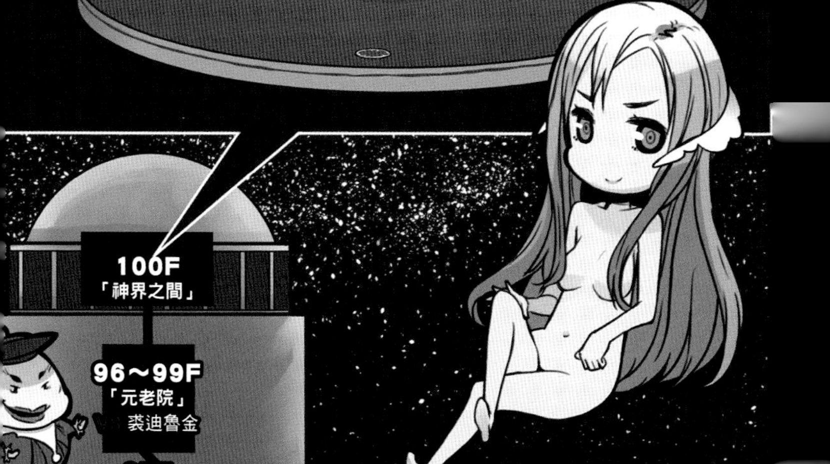

100F
「神界之間」

96～99F
「元老院」
裘迪魯金

95F
「曉星望樓」

90F
「大浴場」
貝爾庫利・辛賽西斯・汪

80F
「雲上庭園」
愛麗絲・辛賽西斯・薩提

「中央聖堂」最上層

「地底世界」裡被稱為「人界」的世界支配者，最高司祭「亞多米尼史特蕾達」居住的樓層。
以「中央聖堂」第九十九層裡的升降盤連結兩層之間，搭上升降盤後會從南側的地板進入最上層。
廣大的圓頂房間比第九十九層更加寬敞，直徑大約有四十梅爾左右。
房間四面全部被玻璃窗所包圍，夜晚時可以環視滿天星空。
玻璃窗由「金色柱子」所支撐，而柱子上則有不同的巨劍裝飾。
純白色天花板的各個地方都埋著小水晶，另外還布滿了由眾神、巨大的龍，以及人類的工筆畫所表現出來的神話故事。
地板上鋪滿了絨毯，中央放置有「亞多米尼史特蕾達」就寢時使用的大型圓床。

插畫／來栖達

「這雖然是遊戲，
但可不是鬧著玩的。」

──「SAO刀劍神域」設計者‧茅場晶彥──

SWORD ART ONLINE
Alicization uniting

REKI KAWAHARA

ABEC

BEE-PEE

014

整合騎士，又名Integrator。

除了精妙的劍技與高等神聖術之外，還能隨心所欲使出恐怖的「武裝完全支配術」的最強戰士集團。

他們雖然守護人界四帝國的法律、秩序，以及公理教會的支配體制長達三百年，但騎士團規模卻出乎意料之外地小。正如一個月前剛就任的艾爾多利耶．辛賽西斯．薩提汪的名字所顯示，總共只有三十一人。

但這個事實並無損整合騎士們堅強與令人恐懼的實力。他們的人數雖然比不上ＳＡＯ與ＡＬＯ裡面的滿員聯合部隊，卻可以不斷擊退包圍人界的廣大黑暗帝國所派出的入侵者。

我——過去曾被稱為「封弊者」與「黑色劍士」，目前就讀於北聖托利亞修劍學院的上級修劍士桐人，光靠著腰間一把長劍以及唯一一名好友為同伴，就直接挑戰這群以一擋百的整合騎士。雖然不是主動反叛，而是經過逮捕、投獄、脫逃等預料之外的狀況才開戰，但既然已經對絕對高壓的統治組織公理教會拔劍，就只能不斷往前邁進了。

「霜鱗鞭」艾爾多利耶．辛賽西斯．薩提汪。

「熾焰弓」迪索爾巴德．辛賽西斯．賽門。

「天穿劍」法那提歐．辛賽西斯．滋，以及她手下的「四旋劍」。

「金木樨」愛麗絲．辛賽西斯．薩提。

這些騎士都擁有被稱為神器的最強武器。雖然千辛萬苦地擊退他們並且不停爬上公理教會中央聖堂的大階梯，不過不用說也知道，這並不是憑我一人之力開拓出來的道路。

除了從被稱為「惡魔之樹」的基家斯西達砍下的樹枝，經過央都聖托利亞的金屬工匠薩多雷花了一整年才削出來的黑劍之外……

還有提供休息場地、食物、關於這個世界的大量情報，並且傳授武裝完全支配術讓我們對抗整合騎士的賢者卡迪娜爾。

當然也不能忘記從離開盧利特村到今天的兩年裡，一直待在我身邊的好友，尤吉歐——

雖然我教給他自稱為「艾恩葛朗特流劍術」的單手直劍用劍技，但他卻給了我更多的東西。忽然從現實世界被丟到這個地底世界來的我，之所以能勉強在這個完全不熟悉的異世界生存下去，正是因為尤吉歐總是提供幫助，並且鼓勵、指導我的緣故。

但我卻在中央聖堂的第八十層與這個獨一無二的好友分開。當我與整合騎士愛麗絲展開激戰時，我和她兩個人被吸進牆壁上忽然破開的洞穴，然後一起跌到塔外面去了。

在我死命說服之下，愛麗絲終於把劍收了起來，並且和我花了一整晚的時間從垂直的外壁爬上去，好不容易才從第九十五層回到塔裡面。為了追上應該在我們前面的尤吉歐而衝上階梯，然後又追趕自稱元老長裘迪魯金的古怪男人來到第九十九層——距離公理教會的支配者，最高司祭亞多米尼史特蕾達的寢室只剩下一層的地方。

在這個除了通往元老院的下樓階梯，以及上升到第一百層的升降盤之外就沒有任何東西的空間裡，我終於和伙伴再次相見。

但他已經不是我認識的那個出身於邊境的純樸年輕人。

身穿藍銀色鎧甲的最新整合騎士，尤吉歐・辛賽西斯・薩提滋。

這就是我好友的新名字。

第十二章　最高司祭亞多米尼史特蕾達　人界曆三八〇年五月

1

尤吉歐手裡的藍薔薇之劍與我手握的黑劍各自在微暗的空間裡劃出鮮豔的亮綠色軌跡。

兩把劍的軌道完全左右對稱。由於發動了同時往前踏步的同一招式——突進系劍技「音速衝擊」，所以軌道完全相同或許也是理所當然，但是現在連劍尖通過軌道頂點的時機，以及攻擊力進入最大領域而發出更強烈特效光的時間點，還有白銀與漆黑劍身產生劇烈撞擊的時機也完全一樣。

我不只是使出劍技而已。還利用了腳部的踢擊、身體的扭動與手臂的揮動來給予劍技三重加速。

但尤吉歐的「音速衝擊」卻跟我沒有任何差距。這也就表示，他也讓這招劍技有了最大的加速。但這個技術我明明還沒有完全傳授給他啊。

尤吉歐他一定是在我沒看見的地方，樸質地、魯直地不停揮劍吧。而且是每天揮好幾百次，一直到能聽見愛劍的「聲音」為止。

「………為什麼？」

我一邊用力抵住交叉的劍，一邊低聲說道：

「為什麼這樣的你會輸給那個什麼『合成祕儀』呢？你之所以練習劍術……之所以離開盧利特村到央都聖托利亞，不都是為了要奪回最重要的青梅竹馬愛麗絲嗎！」

「…………」

承受我的劍而且連一步都沒有退後的尤吉歐，正如他剛才所表示的「我跟你沒什麼好說的了」一樣，緊閉的嘴唇完全沒有動靜。當他聽見愛麗絲這個名字的瞬間，綠色眼睛深處的晦暗光芒似乎晃動了一下，但馬上又被深沉的黑暗吞沒。或許就連剛才的現象也不過是持續由兩把劍身放射出來的亮綠色光芒所造成的錯覺罷了。

均衡狀態一直持續下去的話，幾秒鐘後「音速衝擊」將會結束，接著就會開始超高速的接近戰吧。這樣的話就沒有時間思考了，於是我只能利用殘留的一點時間拚命思考。

整合騎士是經由被稱為「合成祕儀」的程序，也就是直接操縱靈魂所創造出來的成果。具體來說，就是取出對象者最重要的記憶碎片，然後以「敬神模組（Piety module）」這種虛偽的忠誠心來取而代之。

整合騎士艾爾多利耶一聽見母親名字的瞬間精神狀態便開始不穩，接著敬神模組（Piety module）更差點從額頭掉下來。這是因為最高司祭亞多米尼史特蕾達為了把他變成整合騎士而奪走了他腦中關於母親的記憶。

而其他的騎士應該也一樣被奪走了重要的記憶。

迪索爾巴德應該是關於妻子的記憶。雖然沒有線索能推測出副騎士長法那提歐與騎士長貝爾庫利被奪走什麼記憶，但很有可能是家人或是戀人。

那麼愛麗絲她……在稍遠處的牆邊，注視我和尤吉歐單挑的黃金整合騎士又是被奪走誰的記憶呢？

可能性最高的，應該是目前還住在盧利特村的親妹妹賽魯卡吧。當我們在中央聖堂外壁的露臺上休息時，我一透露出賽魯卡的消息，愛麗絲就產生極為劇烈的反應。她因為自己有妹妹的事實而流淚，甚至因此下定決心反叛公理教會。

但是即使聽見賽魯卡的名字，愛麗絲的敬神模組(Piety module)也沒有任何不安定的模樣。至於是因為變成整合騎士已經長達六年，還是被奪走的不是關於賽魯卡的記憶就不得而知了。

不過這一切都必須建立在到目前為止的推測都正確的前提上。

而尤吉歐又是被最高司祭亞多米尼史特蕾達奪走關於誰的記憶呢？

在距離持劍相抵的我們稍遠之處，可以看見元老長裘迪魯金用來逃到上層，而我再次讓它降下來的圓形升降盤停在那裡。正上方的天花板上依然開著一個直徑一公尺的洞，雖然上面應該就是最高司祭的寢室，但因為洞穴被深沉的黑暗遮住，所以什麼都看不見。就算亞多米尼史特蕾達在洞穴後面，目前也感覺不到任何氣息。

不過短短一個小時前，尤吉歐就在那個洞穴後面被最高司祭進行了「合成」——也就是被奪走最重要的某個人的記憶。而那個人究竟是誰呢？

我能想出來的答案就只有一個。就是八年前在尤吉歐面前被騎士迪索爾巴德帶走，之後他不斷持續追尋的愛麗絲．滋貝魯庫——亦即現在的愛麗絲．辛賽西斯．薩提。

但是這樣的話，現在和我持劍互抵的騎士尤吉歐，在看見站在距離我們十幾公尺外的愛麗絲時，為什麼會沒有任何反應呢？

艾爾多利耶光是聽見母親的名字，敬神模組（Piety module）就差點脫落下來。如果說他精神狀態如此不穩定的原因是因為變成騎士的時間尚短，那麼遭受合成還不到一個小時的尤吉歐在看見愛麗絲的瞬間，出現比艾爾多利耶更嚴重的「症狀」也不是什麼不可思議的事。

但是眼前的尤吉歐依然是緊閉心靈的狀態。如果被奪走的不是愛麗絲的記憶，那麼亞多米尼史特蕾達究竟是從他心裡消除了什麼人或者是事物呢——

當我想到這裡時，劍技的光芒已經從交叉的兩把劍上消失了。

喪失系統輔助所產生的推進力後，白色與黑色劍刃就因為反動而整個往後彈。在橘色火花飛濺當中，咬緊牙關的我與表情完全沒有變化的尤吉歐再次揮動長劍。

「喔喔！」

「……！」

隨著有聲與無聲的吼叫，我們又從完全相同的動作開始使出右上段斬。接著又將激烈撞擊並反彈的劍刃從右邊橫掃過去，然後滑動靠在一起的劍刃，往左邊斜斜砍下。但這招也被漂亮擋了下來。

進入第二次的持劍互抵之後，我再次在內心咂舌。

就算劍的等級相同，操縱它們的人條件也不是完全一樣。相對於上下都穿輕便服裝的我，尤吉歐身上則是穿戴著厚重的板甲。明明身上的重量比我多出好幾倍，斬擊卻沒有任何遲緩。是變成整合騎士後筋力就提昇了，還是戰鬥之前愛麗絲曾提過的「心念」所帶來的效果呢？

我也知道這個世界裡存在以過去ＶＲＭＭＯ世界的經歷無法解釋的系統。也就是說意志力與想像力這種眼睛看不見的力量，有時甚至會引起超越高等神聖術(System command)的現象。

成為整合騎士的尤吉歐，記憶與感情明明都像是被封鎖住了一樣，但是卻擁有極為冷徹與專注的意志力。從開戰之前，他甚至還用了類似念力的力量從我手中把藍薔薇之劍移動到自己手裡就能知道了——而愛麗絲則把這股力量稱為「心念之臂」。

尤吉歐心裡目前究竟存在些什麼？他想成為整合騎士的原動力明明是想把愛麗絲從教會手裡奪回來的堅強決心，到底是什麼樣的「意念」填補了動力被奪走後的巨大空虛呢？

我不認為，也不願認為他的靈魂充滿了被用強迫的手段埋進對於公理教會與最高司祭的忠誠心。那種虛偽的意志力不可能讓藍薔薇之劍在沒有任何晃動的情況下擋住黑劍的壓力。

我相信他冷若冰霜的眼睛深處，依然殘留著一些熱情。

如果有什麼可以喚醒他的手段，那一定就是──

「……尤吉歐。」

我把所有的力量加諸在劍上並低聲呢喃：

「你現在可能記不得了……但我和你之間從來沒有認真對戰過喔。」

「…………」

尤吉歐過去閃爍著明亮綠色的眼睛，已經因為失去光芒而變成深藍色。我拚命看著他的眼睛深處，接著繼續說道：

「從盧利特村到聖托利亞的旅途中，還有在央都進入修劍學院之後，我不知道想過多少遍，我和你交手的話究竟誰會獲勝。老實說……我真的認為你總有一天會超越我。」

完全沒有眨眼的尤吉歐直接承受──不對，應該說阻斷我的視線。對現在的他來說，我只是一個必須排除的入侵者。只要我露出一丁點空隙，瞬間就會被他砍中吧。但是我相信一定會有一兩句話能夠傳進他緊閉的心房，於是又加了最後一句話來做總結：

「……但現在還不到時候。忘記我、愛麗絲、緹潔、羅妮耶等人與卡迪娜爾的你，絕不可能贏過我。我現在就證明給你看。」

話剛說完我便屏住呼吸，把全身的力量集中在劍上。

眉間出現些許皺紋的尤吉歐想把我的劍推回來。

我趁著這個時候一口氣把劍往後拉。

滑動的劍身發出「鏘！」一聲，微暗當中爆出一直線的火花。我直接被往後面推去，而尤吉歐則是整個人往前倒。

如果我想在此時試著站穩腳步，應該就會被迅速恢復平衡的尤吉歐一劍砍中吧。於是我順勢從背部往後倒去，視線的角落可以看見騎士愛麗絲的右手已經朝左腰伸去。可能是認為我落敗，所以想拔出金木樨之劍插手這場決鬥吧。

但是，她的判斷快了三秒鐘。勝敗是取決於我的計策是否成功——或者是說，尤吉歐學會了多少艾恩葛朗特流。

在背部快要撞上地板前，我的右腳猛然往上抬起。靴子尖端產生眩目光芒，由下方照耀著尤吉歐的臉。

「喔喔喔！」

我發出短促的吼叫聲，並輕巧地扭轉全身。這是艾恩葛朗特流「體術」，後空翻踢技「弦月」。

這招就算一邊往後倒也能發動的技巧，在舊ＳＡＯ時代不知道救過我的性命多少次。自從我被關進地底世界後，不論是實戰還是練習時都沒使用過，但身體早已經習慣這個動作。最重要的是，連尤吉歐也沒看過我用這個招式。

不過我教過他使用拳頭與肩膀的「體術」。而且尤吉歐在這方面也發揮出才能，不要說單純的突刺技「閃打」了，就連連續使用撞擊與斬擊的高級技「隕石衝擊」，他都能發揮到第三擊了。

如果他獨自鑽研出這招踢技，或者就算只是推測出有這種招式的存在，那麼應該就能躲過我的「弦月」吧。而這招踢技要是被躲開，就會露出相當大的破綻。一旦揮空，就只能眼睜睜看著自己被砍中。

——一決勝負吧，尤吉歐！

我一邊在心裡這麼大叫，右腳一邊朝著伙伴鎧甲的護喉踢過去。

即使在這種狀況下，尤吉歐的雙眼還是充滿乾枯的寒氣。表情沒有任何變化的他扭過上半身，想藉此躲過我的踢擊。但他還沒完全從持劍互抵後往前倒的態勢當中恢復過來，於是我帶著光線特效的腳尖將會陷入他毫無防備的下巴當中。

「唔……！」

尤吉歐嘴裡發出銳利的使力聲。

握著藍薔薇之劍的右手呼一聲抬起並從側面掃過來，但我的踢技一定比現在才揮出的斬擊還要快。只要無視他的揮劍直接貫徹攻勢，就能先擊中他…………

不對。

尤吉歐的目的並不是反擊。他揮過來的不是劍身而是柄頭，攻擊的也不是我的身體而是右腳。

這是反手握劍的劍柄攻擊。在這個注重劍技華麗與雄壯外觀的地底世界裡，應該不存在這種實戰技巧。就算是在舊ＳＡＯ時代，如果不是相當習慣與人戰鬥的玩家，也沒辦法使出這種招式。

踢出去的腳要是被從側面擊中，「弦月」的軌道就會被錯開。

這樣的話，應該瞄準的就是……

「——————！」

我咬緊牙關，拚命把已經快踢完的右腳停下來。但這時候要是太用力的話，技能就會強制結束。感覺上大概就是讓踢技慢了零點二五秒左右，好讓尤吉歐的右手快我一步。

——就是這裡！

喀鏘！

一道巨大的撞擊聲響起。

「弦月」的目標不再是尤吉歐的喉嚨，而是他握住劍的右手手背。跟其他整合騎士一樣，尤吉歐也裝備了看起來非常堅固的護手，所以應該無法給予他的拳頭什麼傷害。但這樣的衝擊已經足夠實現我的目的了。

尤吉歐的右手往正上方彈去，手中的藍薔薇之劍也被彈飛，一邊旋轉一邊插進天花板的大理石裡。

我用高度移動的視界角落捕捉到這些情況，為了等後空翻落地後立刻展開追擊而重新握好黑劍。

還殘留著光線特效的右腳鞋底一碰到地板，我便彎曲膝蓋來吸收衝擊，不等姿勢穩定下來就全力往地面踢去。左腳用力一踩，朝手上沒有武器的尤吉歐胸口使出一記由左下往右上方砍的單發劍技「斜斬」——

「————！」

從極端傾斜的姿勢一面發動劍技一面起身的我，這時看見尤吉歐朝我伸出來的左手，以及包覆在他五根手指上面的閃亮綠色光點。

就在我的劍即將陷入他閃亮的胸甲之前——

「Burst element！」

從尤吉歐嘴唇裡發出細微的術式。光點——五個「風素」同時炸裂，發生的爆炸性旋風把我吞噬。由於只是單純的解放，所以風壓沒讓我受傷，但無法站穩的我隨即像破布般被吹飛。

「咕喔……！」

我一邊發出呻吟，一邊張開雙手死命穩定身軀。如果以這種速度撞上牆壁，天命一定會減少一成以上吧。我在暴風襲擊下勉力想辦法停住身體的旋轉，將雙腳朝向逼近的牆壁。

撞上的瞬間，強烈的衝擊直接穿透我的腦門，貼在牆壁上一陣子讓全身的麻痺消失後才下到地板上。迅速抬起臉後，看見尤吉歐果然也被風吹到對面的牆邊，但他因為鎧甲的重量而無法飄浮在空中。由沉腰的姿勢悠然直立起來的他，一直都是保持著讓人恨得牙癢癢的撲克臉。

晚了一會兒我也站起來後，忽然從右側傳來細微的聲音。

「那個人……真的是你的伙伴尤吉歐嗎？」

這麼問道的，正是因為我的要求而在牆邊看著這場戰鬥的愛麗絲。我瞄了一眼身穿黃金鎧甲的女騎士，然後以同樣的呢喃聲反問：

「這是什麼意思？是妳說尤吉歐已經遭受合成了吧？」

「是沒錯……但該怎麼說才好呢……」

難得吞吞吐吐了一陣子後，愛麗絲才說出讓人意外的話來：

「那個人成為整合騎士，不對，應該說是被變成整合騎士才沒多久，未免也太過習慣戰鬥了。不論是開戰前的『心念之臂』，還是剛才使用的風素術，看起來都不像是一個新人。」

「……這些技術不是成為整合騎士後就會自動學會嗎？」

為了慎重起見還是確認了一下，但立刻從身邊飛過來的嚴厲斥責聲，讓我即使在這種情況之下也反射性縮起脖子。

「騎士的技能才沒有這麼容易就能學會！心念技與武裝完全支配術就不用說了，連祕奧義與神聖術的要訣都要經過漫長的鑽研才能夠納為己用！」

「我……我想也是。但是……這樣的話，剛才那究竟是怎麼回事……尤吉歐那傢伙應該還不會單手製造出五個素因才對……」

「所以我才會問你，那個人真的是尤吉歐嗎？」

「…………」

我緊閉起嘴巴，凝視著緩緩往這邊走過來的藍銀色騎士。

這層樓的正上方，也就是居住在中央聖堂第一百層的最高司祭亞多米尼史特蕾達，是與大圖書館的賢者卡迪娜爾並駕齊驅的超級神聖術師。如果她能使用改變人類記憶的恐怖法術，說不定也能準備外表完全一模一樣的冒牌貨。但是——

「……他是尤吉歐。」

我用沙啞的聲音這麼呢喃。

即使雙眼無光，臉頰沒有血色，嘴角也沒有掛著笑容，但那個整合騎士依然是我的伙伴兼好友，也就是出身於盧利特村的尤吉歐本人。在這個世界犯下不少錯誤的我，只有這一點擁有絕對的自信。

剛被變成騎士的他，竟可以使出讓實力排名第三的愛麗絲都大吃一驚的技巧，我也搞不懂這究竟是怎麼回事。而且也不清楚應該費時三天三夜的強制合成，為什麼會在一個小時不到的時間內就結束了。

但不論狀況再怎麼異常，既然事情已經發生，那麼我唯一應該做的……

就是把一切賭在劍上發動攻擊，事情就是這麼簡單。

我用力吸了口氣，接著呼出來，然後重新握好黑劍。可能是感覺到我的鬥志了吧，尤吉歐在大房間的中央停下來後，隨即無聲地舉起右手。眼睛看不見的「心念之臂」立刻拔下刺在天花板上的長劍，將它遞回主人手掌當中。

沒錯——那把高傲的藍薔薇之劍，絕對不可能服從一個冒牌貨。

尤吉歐輕鬆地旋轉了一下極為沉重的神器，接著將其架在中段。看見他毫無破綻的站姿後，愛麗絲便輕聲呢喃：

「我來對付他吧。」

「別說蠢話了。」

我馬上否定她的提議，同時將愛劍架在身體正面。雖說兩個人都失去了對方的記憶，尤吉歐與愛麗絲怎麼說也是一起在盧利特村長大的青梅竹馬。我不可能讓這樣的兩個人對戰，何況喚醒尤吉歐本來就是我的責任。

吊在中央聖堂外壁上的時候，光是因為我罵她「笨蛋」就大發雷霆的愛麗絲，現在卻默默往後退了一步，然後雙手環胸。似乎是表示就算我被斬殺，她也不會出手的騎士決心。

「……謝謝。」

低聲回應完後，我便切換自己的意識。

從這個瞬間開始，我要忘記所有與戰鬥無關的事情。讓自己與劍合而為一，然後以學會的所有劍技來挑戰對方。不這麼做的話，不可能贏得過整合騎士尤吉歐，也不可能打動好友尤吉歐藏在厚重鎧甲底下的心。

黑劍的劍尖開始微微地震動。就像兩年前踏上旅途當天，出現在遠方天空的雷鳴殘響超越時空傳達到我們身邊時一樣。

——拜託你了，伙伴。

——等所有戰鬥結束後，我會幫你取個名字……所以，把力量借給我吧。

對右手上的愛劍這麼灌注意念後，我再次深吸了一口氣，然後把它憋在胸口。

所有的雜音、背景甚至是溫度都離我遠去。整個世界只剩下我和黑劍、尤吉歐與藍薔薇之劍存在。從兩年前開始，我心底深處就一直害怕，但也等待著這個瞬間來臨。

——要上囉，尤吉歐！

我一邊發出無聲的咆哮，一邊猛然往地面踢去。

尤吉歐依然把劍架在中段，等待著我的斬擊。

面對現在已經可以自由操縱艾恩葛朗特流劍術與高等神聖術的尤吉歐，任何小手段都不管用了。我瞬間衝過十五公尺的距離，使出完全沒有浪費分毫突進速度的右上段斬。

相對的，尤吉歐則是像要踩碎地板般用力一踏，接著雙手持劍從右下方往上砍。

黑色與白銀劍刃猛烈撞擊，爆出炫目閃光往後彈。判斷在這樣的距離下應該有一陣子都用不上祕奧義，於是我也把左手放到柄頭上改為雙手持劍。當我順著沉重長劍的轉動慣性劃出最短軌道，並且把劍高舉過頭時……

「喔喔喔！」

才把憋在胸口的氣息一口氣吼出來，全力把劍往下揮落。

如果劍的性能與劍士的技量完全相同，那麼橫斬或是斜斬就無法完全抵擋全力的垂直斬。這時尤吉歐就只能做出兩敗俱傷的決心來使出同樣的技巧，或是直接逃出劍的攻擊範圍。

但是尤吉歐的劍已經因為剛才的互擊而彈往右邊，所以無法使出垂直斬。而且他身體的重心也往右邊傾斜，因此沒辦法立刻往後跳。所以這次的攻擊一定會成功——！

我捨棄會讓招式變慢的猶豫揮出長劍。

黑劍劍尖砍中了尤吉歐被藍銀色鎧甲守護的左肩。

不論整合騎士的鎧甲有多高的優先度，也沒有把神器級武器的砍擊反彈回去還能毫髮無傷的防禦力。

劍發出尖銳的金屬聲後砍進鎧甲裡，瞬間感到阻力的我還是把劍往正下方揮落。尤吉歐左肩到胸口的鎧甲隨即出現一道光線。

接著就是一陣玻璃般的破碎聲，厚重的鎧甲散落。

飛舞在空中的金屬碎片裡參雜著鮮紅色飛沫。從手感來判斷，應該不是什麼大傷，不過我的劍終於砍傷尤吉歐了。

知道讓好友受傷的瞬間，我身體的同一個部位也感受到像是被砍傷的疼痛。雖然無可避免地面露苦色，但我不能在這個時候停手。垂直斬抵達地板的瞬間，我便為了追擊而反轉手腕，利用全身的彈力往上砍去——

「喀！」一聲過後，黑劍便隨著沉重的衝擊往旁邊彈去。

左肩到胸口才剛被砍中的尤吉歐，完全沒有因為疼痛而縮起身子，反而用右腳脛上的護甲將我的劍踢開。

領悟到這個動作也是他為了反擊的準備後，感到戰慄的我立刻拚命傾倒身體。同一時間，藍薔薇之劍也發出風聲由左側逼近。

雖然好不容易才避開對脖子的直接攻擊，但還是沒辦法完全躲開，左肩被劍橫砍出一道傷口。這時我感覺到的不是痛楚而是結凍般的寒氣，於是我用右腳使勁往地面一蹬，以受傷的左肩朝著揮完劍的尤吉歐撞去。

這次出現令人暈眩的劇痛，接著鮮血飛濺到空中。

在紅色血霧後方，可以看見尤吉歐為了不跌倒而用左腳穩住身形的模樣。那樣的姿勢不可能馬上展開反擊。我隨即將恢復成單手握住的愛劍舉到右上方，黑色刀身也立刻包裹在鮮艷水藍色光芒當中。

祕奧義，單發劍技「斜斬」。只要這一擊砍中他的右肩，雙肩都受傷的尤吉歐就沒辦法像剛才那樣揮劍了。

「喝……啊！」

當我發出叫聲，準備施放劍技的瞬間。

尤吉歐身體後面忽然迸發出深紅色光芒。

那是劍技的光芒。但艾恩葛朗特流沒有右後背對著我還能發動攻擊的招式。

因為驚訝而瞪大眼睛的我，已經無法停下劍勢，所以只能發動「斜斬」。

遲了一會兒後，尤吉歐的身體猛然往逆時針方向迴轉。接著帶有紅色軌跡的水平斬便從左邊朝我逼近。

這招劍技是……雙手劍單發劍技「後背突擊」。是在被敵人繞到背後的狀態下發動逆轉一擊的反擊技。

但我沒教過尤吉歐這樣的劍技。

我的思緒隨即被強烈的衝擊轟成碎片。我的斜斬與尤吉歐的後背突擊產生劇烈衝突，兩人的劍再次大大地彈開。

彼此的左肩迸出斷斷續續的血線，我和尤吉歐就像是對方被吸過去般，以同樣的動作把劍舉到頭上。

兩把劍上都迸發出深藍色光芒。

這是單發上段劍技，「垂直斬」。

雖說是垂直，但招式的軌道並不是那麼絕對。垂直斬通常會因為慣用手而產生十度左右的傾斜，因此面對面的兩個人同時施放的話軌道將會交叉，互相撞擊後便往後方彈去。

這次到途中為止也是出現這樣的情況。黑劍與藍薔薇之劍在劍尖往下三分之一的位置互撞，爆發出炫目的火花。

但是與舊ＳＡＯ不同的是，地底世界裡劍技與劍技衝突時，有時會出現沒有反彈的情形。大概是雙方的鬥志——意志力，或者可以稱為心念——蓋過系統排斥力的緣故吧。

兩把劍像是互相緊咬住對方般交叉，同時也迸發出大量橘色火花與藍色光芒。第三次持劍相抵的我和尤吉歐一邊在極近距離臉對著臉，一邊拚命為了完成自己的劍技而不停加強力道在劍與右臂上。

我在飛散的火花當中凝視著尤吉歐的眼睛，然後從緊咬的牙關中擠出聲音來問道：

「……剛才的招式有名字嗎？」

依然保持結凍水面般表情的尤吉歐低聲呢喃道：

「……巴魯提歐流，『逆浪』。」

我沒辦法立刻想起來在什麼地方聽過這個流派的名字，皺起眉頭後才終於注意到。

巴魯提歐流。一直到今年三月為止，尤吉歐在北聖托利亞修劍學院裡都是擔任上級修劍士哥魯哥羅索．巴魯托的隨侍劍士，而哥魯哥羅索的流派就是巴魯提歐流。

和諾魯基亞流與海伊．諾魯基亞流相比之下，它的招式屬於較粗獷且不拘小節的體系，和我隨侍的索爾緹莉娜學姊的賽魯魯特流相同，都受到上級貴族出身的學生們輕視。

但反過來說，就代表它們是適合實戰的流派。尤吉歐應該就是在隨侍的一年裡，從哥魯哥羅索學長那裡學到這個流派的劍技吧。

這麼一來，這又是一個無法忽視的謎了。

「尤吉歐……你還記得教你這招劍技的人嗎？」

雖然已經把所有力道灌注在相抵的劍上，但我還是再次開口發問。

幾秒鐘後，我便聽見早已猜想到的答案。

「我不知道，也沒興趣。」

明明應該也跟我一樣使盡全力，但他的聲音與表情都還是又乾又冷。

「我只要知道那個人就夠了。我活著就是為了那個人握劍，為了排除那個人的敵人……」

「……………」

果然不只是我和愛麗絲，他似乎連哥魯哥羅索學長的事情都忘記了。但是卻又記得劍技的名稱與出招方式。

如果把成為整合騎士的人所有記憶刪除的話，那麼之前修練的劍技與學會的神聖術也會全部忘記。所以最高司祭亞多米尼史特蕾達才會創造出「合成祕儀」這種複雜的處理方式。

她不會消除對象者的所有記憶，而是藉由阻斷記憶的洪流來讓人想不起事情。雖然不清楚詳細的邏輯，但大概就像現實世界裡的逆行性健忘這種喪失記憶的症狀一樣，即使失去關於自己或周遭親友的記憶，還是能夠保有言語與生活相關能力。

而阻斷記憶洪流的障礙物就是插入尤吉歐靈魂——搖光的敬神模組(Piety module)了。現在被插進模組的領域裡的，原本是關於誰的記憶呢？只要能知道這一點，或許就可以讓尤吉歐醒過來……

不對。

光靠言語一定不足以破除亞多米尼史特蕾達的妖術。

從我被囚禁在鋼鐵浮遊城艾恩葛朗特的那天起，就藉由手中長劍和許多人溝通過了。比如說亞絲娜、直葉、詩乃、絕劍等人。來到這個世界後，也和索爾緹莉娜學姊、渦羅主席修劍士、艾爾多利耶、迪索爾巴德、法那提歐等騎士，以及在背後注視這場戰役的愛麗絲交過手。

假想世界的劍絕對不單純只是多邊形構成的物體。因為將自己的生命託付在劍上，所以對手的靈魂也能感覺到你灌注在劍上的意念。我相信超脫憎恨所揮出的劍，有時會產生超越言語的交感。

使出垂直斬而相抵的兩把劍上，藍色劍光就像對消滅一樣慢慢變淡。

我為了把自己的一切傳遞到朋友的心裡。

選擇在這時候擠出殘留的所有力量。

「尤……吉歐────！」

劍技結束的瞬間，我一邊大叫一邊把劍舉起來。

全力的斬擊先被彈了回來，但我接著也用劍身底部彈回尤吉歐的砍擊。這時兩人都停下腳步，在最短的距離下持續揮劍。劍身不斷地碰撞爆出火花，讓周圍的空間充滿了聲響與光芒。

「喔……喔、喔喔喔────！」

我大吼著。

「喝……啊、啊啊啊────！」

尤吉歐也首次發出吼叫聲。

快點，再快一點。

面對我沒有任何招式與技巧的本能性連續攻擊，尤吉歐也完全能跟上我的速度。

每當劍一互碰，就能感覺到透明的殼不斷裂開。

不知不覺中，我的嘴唇露出了粗野的笑容。沒錯，很久以前，我應該就跟尤吉歐進行過這樣胡來的對戰，不對，應該說武打劇才對。不是在修劍學院的修練場裡，也不是在朝央都前進的旅途中。沒錯，是在接近盧利特村的草原或森林裡……手上拿著比玩具好一點的手製木劍，自認為是在修練劍術般……跟小孩子一樣，只是不停地互擊……

兩年多前才在森林裡相遇的我和尤吉歐，真的做過這樣的事嗎？

結果產生裂痕的……是我的記憶…………？

「喀嘰————！」一聲強烈的金屬聲響起，突破了我一瞬間陷入的催眠狀態。

在絕妙角度下劇烈衝突的黑劍與藍薔薇之劍互相抵制對方的威力，再次陷入交叉狀態而靜止不動。

「…………尤吉歐……？」

我從嘴裡發出這樣的呢喃。

對我的聲音有所反應的尤吉歐輕輕動了一下嘴唇。

雖然聽不見聲音，但我已經了解。藍銀色鎧甲的整合騎士叫了我的名字。

他雪白光滑的額頭上，出現了深邃的峽谷。微微張開的嘴唇深處，可以看見緊咬的牙齒，而暗沉的雙眼也有淡淡的光粒閃爍。

他的眼睛看到站在我身後牆邊的騎士愛麗絲。

接著嘴唇再次震動，無聲地喊出愛麗絲的名字。

「尤吉歐……你想起來了嗎，尤吉歐？」

我拚命呼喚著。結果劍因此滑開，更因為無法承受藍薔薇之劍的壓力而被往後推。

身體完全失去平衡，為了不跌倒而踩著踉蹌腳步的我可以說全身都是破綻。但尤吉歐卻沒有追擊，只是把劍舉在半空中呆站在那裡。

退到愛麗絲附近才終於站穩身子的我，先用力吸了口氣，然後才用最大的聲音呼喚好友的名字：

「尤吉歐——！」

騎士的身體震動了一下，接著往下望的臉孔慢慢抬了起來。

他的臉色依然相當蒼白，但已經可以清楚看見表情了。那是混亂、焦躁、悔恨，以及思慕……被術式凍結的各種感情，讓厚重冰層產生些許震動般的微笑。

「…………桐人。」

隔了一會兒後……

「愛麗絲………」

這次已經能清楚聽見尤吉歐叫著我們的名字了。

我的劍，確實打動了他的心。

「尤吉歐………」

再呼喚他一次後，浮現在好友嘴角的笑容便又加深了一些。

他把右手的藍薔薇之劍轉過來反手握住。接著垂下手臂，把劍尖刺進大理石地板裡。

「鏘」一聲尖銳的聲響過後，帶著淡淡霧氣的藍白色劍刃就這樣刺進地板兩公分左右。

認為這是結束對戰之意的我也放下黑劍。接著一邊呼出憋在胸口的氣息，一邊將右腳往前踏出一步。

但是……

下一個瞬間又連續出現令人意想不到的事情。

「桐人！」

愛麗絲從後方高聲叫著我的名字。她不知道什麼時候已經來到我身後，左臂從後面繞過我的身體，然後高高把我抬起來。

同一時間，尤吉歐嘴裡也發出新的聲音。

「……『Release recollection』！」

這個式句是……

地底世界裡最強大的戰鬥技巧，喚醒武器記憶，讓其發揮出超常力量的「武裝完全支配術」，而它的進階版就是——「記憶解放」。

藍薔薇之劍迸發出炫目的藍白色光芒。

我根本無法閃躲，也無法防禦。以劍為中心擴散開來的絕對凍氣，一瞬間就把寬廣的大房間冰封住了。連地板角落通往下層的階梯、能上升到第一百層的升降盤，以及我和愛麗絲的胸口都被厚重的冰層覆蓋住，完全沒有辦法動彈。如果愛麗絲沒有把我的身體抬起來，我將會連頭部都被冰凍住。

我們在中央聖堂第九十五層的大浴場裡，遇見過跟我們一樣脖子以下全部被冰封的整合騎士長貝爾庫利·辛賽西斯·汪。

幾乎跟泳池差不多大的浴槽裡即使充滿熱水，遇上尤吉歐的記憶解放術也只能瞬間結凍，而且速度快到連最強最年長的整合騎士都來不及逃跑，所以我當然不可能小看這個術式。但是第九十九層裡完全不存在能結凍的水啊。如果是生成大量的凍素也就算了，它到底是從哪裡生出這麼多的冰塊來？

不對，令人驚訝的應該不是這件事。

而是尤吉歐為什麼要這麼做。他明明已經取回記憶了，為什麼還要用冰塊封住我和愛麗絲的身體呢？

我承受著貫穿全身般的寒氣，好不容易才張開嘴巴，死命擠出聲音：

「尤吉歐……為什麼…………」

尤吉歐在離我們十五公尺遠的地方緩緩起身，這時臉上依然帶著哀切笑容的他，簡短地呢喃了一句：

「……抱歉，桐人……愛麗絲。請不要跟過來……」

接著我的好友兼愛麗絲青梅竹馬的少年從地板上拔起藍薔薇之劍，朝中央的升降盤走去。

雖然大理石圓盤、我們以及往下的階梯都被厚重的冰塊蓋住，但站上圓盤的騎士用劍尖輕輕刺了一下後，它便一邊灑下冰屑一邊往上升。

在圓盤被天花板上的洞穴吞沒前，尤吉歐的嘴角一直帶著承受各種感情般的笑容。

「…………尤……吉歐——！」

我拚命的呼喚就這樣被升降盤與天花板洞穴同化時的硬質衝擊聲抵消。

2

Remove Core Protection。

詠唱完這過去從未聽過，由短短三個式句組成的術式後，尤吉歐就知道自己已經打開絕對不能開的門鎖了。

時間往前回溯一個小時，也就是和桐人進行想都不曾想過的對決之前。

尤吉歐在面對擁有「砍中未來」這種恐怖技能的整合騎士長貝爾庫利時，靠著藍薔薇之劍的記憶解放術，將自己也一起埋在厚重冰層下才好不容易能與對方同歸於盡。但自稱是元老長裘迪魯金的奇怪矮小男人卻把昏迷的他挖出來，運到中央聖堂第一百層去。

而尤吉歐就在那裡遇見了擁有純銀頭髮、鏡子般眼睛，以及神仙般美貌的少女——最高司祭亞多米尼史特蕾達。少女當時這麼對意識處於半夢半醒之間的尤吉歐說道。

——你就像盆栽裡枯萎的花朵，因為沒人給予你名為愛的水分。

——但我就不同了，我會只愛你一個人。

——如果你同樣只愛著我的話。

少女的言語本身就像是能綑綁精神的術式。尤吉歐就像被她引誘般，說出她所要求的三句術式。

這禁忌的術式應該會讓人打開對自己來說最重要的……比如說守護記憶、思考、靈魂等事物的門。

亞多米尼史特蕾達一邊露出清純的微笑一邊窺視、探測尤吉歐的內心，然後把比冰塊還要冷的「某種東西」刺進他心底深處。

這時尤吉歐再次昏了過去。

等某個人從遠方傳過來的呼喚聲將他從深沉的黑暗當中拉上來時，睜開眼睛的尤吉歐看見的是……

炫目的火花與銀色的劍刃，以及與自己進行激烈戰鬥的黑髮年輕人。

這個瞬間，尤吉歐便了解了。身穿整合騎士鎧甲的自己，已經對最信賴的朋友，以及最思念的青梅竹馬舉劍相向。

即使了解這一點，刺在腦袋深處的冰冷尖刺依然沒有消失。那根尖刺還是不停發出「為了最高司祭打倒眼前的敵人」這樣的命令來試圖束縛尤吉歐的思考。

在沒辦法的情況下，尤吉歐只能發動藍薔薇之劍的記憶解放術，將珍視的兩個人封進冰裡。想違抗尖刺的命令讓戰鬥中斷，就只有這個辦法了。

……我輸給了亞多米尼史特蕾達的誘惑，破壞了絕對不可以破壞的事物。

……但是，這樣的我還是有能做……也絕對得去做的事情。

「……抱歉了，桐人……愛麗絲。」

好不容易擠出這樣的話後，尤吉歐便為了回到中央聖堂第一百層，也就是亞多米尼史特蕾達的寢室而踏上了自動升降盤。

升降盤沉重地停下來後，尤吉歐的鎧甲與右手上的劍隨即反射從巨大窗戶照進來的月光，讓空氣中飄盪著淡白色光粒。

時間應該是五之月二十五日的凌晨兩點左右吧。

三天前的話，這時候早已經睡在上級修劍士宿舍自己房間裡的床上了。因為上課與練習的疲累，讓尤吉歐每天都一上床就睡得像灘爛泥一樣，不等到起床的鐘聲響起，絕對不會自己醒過來。

現在回想起來，二十二日晚上待在學院的懲罰房，而二十三日則是被關進教會的地下監牢，所以根本都沒辦法安穩地睡著。從二十四日早上逃獄之後，連續的戰鬥應該已經讓疲勞達到極限了，一想到這裡他便立刻感覺身體變得沉重，但諷刺的是，刺在頭腦深處的冰刺帶來的刺痛卻趕跑了睡意。

把一切奉獻給最高司祭大人，為了守護公理教會而戰。

尖刺——恐怕跟刺在艾爾多利耶額頭的紫色水晶柱相同——隨著疼痛傳過來的命令，就像鋼鐵的鞭子般嚴苛，但是也宛如最高級的蜂蜜般甜美。只不過，若是再次舔食那些蜂蜜，尤吉歐應該就再也無法恢復意識了吧。

現在還能勉強維持一些自我，一定是因為桐人拚命的呼喚以及使出全力的對戰來讓尤吉歐清醒過來的關係。

之所以沒有受到什麼大傷就回到這個房間，則是因為愛麗絲沒有插手兩人的戰鬥，只是在一旁默默觀戰的緣故。

整合騎士愛麗絲．辛賽西斯．薩提的劍技，以及讓神器金木樨之劍變成黃金花朵暴風的武裝完全支配術，都藏有即使是現在的尤吉歐也無法抵抗的威力。如果愛麗絲拔劍和桐人一起抗戰，那尤吉歐在還沒恢復意識之前就會被打倒了吧。

目前還不清楚身為騎士的愛麗絲決心反叛公理教會的確切理由。可能正如爬上中央聖堂階梯時所想像的那樣，是桐人成功說服了她，當然也可能是發生了更加重大的事件所造成。

愛麗絲的右眼纏著應該是撕下桐人的衣服做成的繃帶。她一定也遇見了尤吉歐在修劍學院裡對溫貝爾．吉傑克揮劍時所發生的情況吧。因為背負著反叛教會的重罪，右眼才會破裂。愛麗絲來到學院帶走尤吉歐他們時，還有在第八十層「雲上庭園」再次相遇時都完全無法溝通，而讓她做出如此重大決定的竟然不是尤吉歐而是桐人……

——但是現在的我，已經沒有權利對這個事實做出任何發言。

——因為我輸給亞多米尼史特蕾達的甜言蜜語，對她敞開了自己的心扉。做了這種事情的我，已經背叛了桐人與愛麗絲。同時也背叛了緹潔、羅妮耶、芙蕾妮卡、哥魯哥羅索學長與索爾緹莉娜學姊、舍監阿滋利卡老師與金屬工匠薩多雷先生、渥魯帝農場的眾人、盧利特村的賽魯卡與卡利塔爺爺、卡斯弗特村長，還有圖書館裡的小小賢者卡迪娜爾。

尤吉歐用力握緊右手的劍柄，忍受著逐漸變強的冰冷疼痛。

能像現在這樣維持自己意識的時間應該剩下沒多久了。在自己的意識消失前，必須補償自己的罪過才行。

而贖罪的方法就只有一種。

抬起頭來的尤吉歐開始緩緩環視周圍。

第九十九層與第一百層的中心可能不在同樣的位置吧，只見尤吉歐搭乘的升降盤停在南側的地板上。環繞房間的玻璃窗後面就是滿天星空。而一整排上頭有巨劍裝飾的柱子，在受到月亮與星光的照射後發出閃亮光芒。

忽然間——

感覺有人在叫自己的尤吉歐把視線往上方移去。

在高達十多梅爾上空的純白天花板上，描繪著跟之前看到時同樣有神話故事的圖畫。在畫有諸神、巨龍以及眾多人類的工筆畫裡，可以看見許多地方都埋有小小的水晶，綻放出清亮的光芒。

……是那道光芒在呼喚我……？

當尤吉歐定眼凝神看著其中一顆水晶時。

又從另一個地方聽到了真正的聲音，於是尤吉歐迅速把臉轉回前方。

廣大的房間中央，放著一張直徑約有十梅爾的圓床。床四周都被垂下來的布幔蓋住，所以看不見裡頭。但是豎起耳朵就能聽見有些許聲音透過純白薄布傳過來。那是像唱歌，也像呢喃的甜美聲響。

那是最高司祭亞多米尼史特蕾達的聲音。

看來她似乎正在詠唱術式，但不是攻擊術那種凶猛的韻律。如果是日常生活需要的術式，那麼現在就是最好的機會了。

尤吉歐把藍薔薇之劍收入劍鞘後橫放在地板上，脫下和桐人戰鬥時遭到破壞的銀色甲冑。將護手、護脛、披風等零件脫下，恢復原本穿著上衣與長褲的模樣後，尤吉歐便悄悄碰了一下胸口，確認「那個」是否還在。

當他朝著布幔走了一兩步時。

從床鋪深處出現一道踩著輕快腳步的小小身影，同時也聽見令人不愉快的笑聲。

「呵嘻、呵嘻嘻……原本覺得只要能爭取到五分鐘或十分鐘的時間就很不錯了，想不到竟然能活著回來。看來可能真的撿到不錯的貨色囉～」

當尤吉歐一看見那個人物來到月光照射下的場所時不禁屏息，接著拚命不讓自己臉上的表情變得太過僵硬。

那個人身穿右邊紅色，左邊藍色的古怪服裝。像氣球般膨脹的胸口中央有一處很醜陋的縫補。

他蒼白的圓臉上，有著像絲線一樣細的眼睛與嘴角往上揚的大嘴。雖然禿頭上的金色帽子現在已經不見，但尤吉歐不可能會認錯這種奇異的外貌。

元老長裘迪魯金。就是尤吉歐與騎士長貝爾庫利對戰結束不久後出現，以「Deep freeze」之術讓騎士長變成石塊，然後把昏過去的尤吉歐搬運到這第一百層來的人物。

雖然外表看起來是個矮小滑稽的小丑，但他應該是公理教會裡實力僅次於最高司祭的神聖術師，同時也是冷酷至極的審問者。如果他知道尤吉歐暫時取回記憶，一定馬上就會使用恐怖的石化術吧。為了完成最後的任務，一定要在不引起懷疑的情況下度過這個難關。

裘迪魯金瞥了一眼尤吉歐脫下來排在地板上的鎧甲，然後誇張地揚起幾乎沒有眉毛的雙眉。

「哎唷～竟然讓猊下賜給你的鎧甲受到這麼大的損傷。你該不會……是被反叛者們打得夾著尾巴逃回來了吧，三十二號？」

猊下指的是亞多米尼史特蕾達，反叛者則是桐人與愛麗絲，而三十二號應該就是尤吉歐身為整合騎士的「編號」吧。這種狀況下不論說什麼都可能露出馬腳，但既然對方已經發問，尤吉歐也不能不回答。

下定決心後，他便極力不讓表情產生變化並開口回答：

「元老長閣下，我已經把兩名反叛者關進冰裡了。」

結果裘迪魯金像是帶著滿臉笑容而彎成圓弧形的雙眼深處，那完全沒有笑意的小小瞳孔卻發出了冰冷的光芒。

「呵呵……把他們關在冰裡了……？這樣是很不錯，但你應該有給他們最後一擊吧，三十二號？」

「…………」

剎那的沉默當中，尤吉歐拚命思考著該怎麼回答。

他當然沒有給桐人和愛麗絲最後一擊。藍薔薇之劍的武裝完全支配術是為了不傷及敵人封住其行動所創造的技巧。就算被冰封在厚重的冰層裡，只要臉露在外面就不會損失太多天命。

這時與其乖乖說出實情，還是應該回答已經給他們最後一擊比較好吧。但對方要是到樓下去確認，馬上就會發現自己說謊。桐人在這種時候，一定會用他天生的第六感與膽量來回答適切的答案吧。

——我一直都是躲在桐人身後。一遇上困難就只想靠伙伴幫忙，把重大事情全都交給他來決定。

——但現在是我必須自己思考與決定的時刻了。桐人一定也不是光靠第六感來度過難關。他也是拚命地思考並選擇正確答案，所以才能把我帶到這裡來。

——像那個傢伙一樣，快點想辦法啊。

尤吉歐一瞬間忘記盤據在腦袋裡的冰冷疼痛，死命地思考著。最後他開口以最微弱的聲音回答：

「沒有，我沒給他們最後一擊，元老長。因為最高司祭大人只命令我阻止反叛者的行動。」

尤吉歐根本不知道自己是不是接到亞多米尼史特蕾達這樣的命令。

但在模糊的記憶裡，當自己在這個房間醒過來時，附近並沒有看見元老長的身影。如果尤吉歐變成整合騎士時袞迪魯金沒有在現場，那他就無法判斷到底有沒有這道命令，而且這個男人也無法反對最高司祭說的話。

當然，亞多米尼史特蕾達本人就在距離十梅爾左右的床上，如果她聽見這些對話，那就萬事休矣了。但是她目前正在重疊了好幾層的布幔裡詠唱某種術式，所以呢喃聲很可能不會傳到她那裡去。

尤吉歐發揮最大的自制力，不讓內心的緊張表現在臉上，持續等待裘迪魯金的反應——

結果穿著小丑服的男人猛然扭曲巨大的嘴唇，發出很不愉快的聲音。

「三十二號，你這樣不行，不行喲～」

他用右手的食指指著尤吉歐的臉——

「要用元老長閣下來稱呼我才對。記住了，是閣下喲閣下，下次忘記加閣下的話，我會懲罰你當我的馬喲～我要坐在你背上，讓你到處爬喲～呵嘻嘻嘻！」

他發出尖銳的笑聲後，隨即用雙手遮住嘴巴，然後看向床鋪。確定最高司祭的術式沒有中斷後，隨即用誇張的動作撫摸胸口，然後才再次笑著說：

「……那我也要去進行猊下的命令了～立刻把那些違背教會的臭騎士們變成石頭，這也是猊下的意思喲～哎呀，那你就在那邊待機吧，三十二號。要是有人來打擾，我就不能好好享受了，呵、呵呵呵……」

尤吉歐強行壓抑胸口湧起的厭惡感並點了點頭。

裘迪魯金踩著跳舞般的腳步，朝南側的升降盤走去。他應該是想像對付騎士長貝爾庫利時那樣，在把桐人與愛麗絲變成石像前好好侮辱他們一番吧。

但自己應該不必替他們兩個人擔心——因為藍薔薇之劍製作出來的「冰獄」在騎士愛麗絲的武裝完全支配術面前根本一點用處都沒有。

在第八十層「雲上庭園」裡，尤吉歐就曾經把愛麗絲整個人封在冰層當中。但是她的金木樨之劍卻分離成無數的小劍刃並吹起狂風，結果馬上就把冰塊刨光了。

現在他們可能已經脫離冰封了吧，不然等袞迪魯金出現時，愛麗絲一定也會毫不留情地使用劍的力量才對。

袞迪魯金一邊發出「呵嘻呵嘻」的急促喘息聲一邊跳上升降盤，接著前往下面的樓層。尤吉歐屏息等待了一陣子後，無人的升降盤馬上回到原位，跟剛才一樣與地板同化。元老長一定是想獨自在密閉空間裡享樂，才會把圓盤升上來吧。這樣的話，自己就無法得知第九十九層的情況了。

——沒問題的，那兩個人才不會被元老長打敗。

深呼吸將不安壓抑下去後，尤吉歐把視線移回房間中央。

他抬起左手，再次從上衣上按了一下胸口。

——我要完成自己的任務。

下定決心並拾起長劍後，他開始往前走去。距離床鋪還有三梅爾、兩梅爾、一梅爾，就在這個時候……

之前一直持續的術式詠唱忽然無聲無息地消失了。尤吉歐反射性停下腳步開始思考。

術式完成了嗎？還是她注意到自己接近了？說起來，最高司祭究竟是在詠唱何種術式呢？

雖然迅速環視了一下周圍，但室內沒有任何變化。圓形房間比第九十九層更加寬敞，直徑大約有四十梅爾左右，而擺設就只有大型床鋪與鋪在地板上的絨毯，以及用來支撐周圍玻璃窗的十幾根有著巨劍裝飾的柱子而已。目前只有金色柱子在月光照射下靜靜地閃閃發光，除此之外沒有任何動靜。

放棄探究箇中含意的尤吉歐再次面向床鋪，這時他的腦袋深處突然感到一陣刺痛。冰冷的疼痛感開始逐漸增強，看來能像現在這樣維持自我意識的時間應該不多了。在身心完全變成整合騎士之前，必須完成自己應該做的事情。

繼續往前幾步，來到床鋪前面後，雖然稍微猶豫了一下，但他還是把右手握住的藍薔薇之劍輕輕橫放在地板上。即使愛劍一離手的瞬間就產生一股不安與膽怯，但是絕對不能讓亞多米尼史特蕾達產生一絲疑心。

撐起身體，再次深呼吸之後，尤吉歐才一邊在內心祈禱聲音不要顫抖一邊開口呼喚：

「……最高司祭大人。」

經過只有短短幾秒鐘，但是感覺上像是長了好幾倍的沉默後，那道聲音才回答道：

「……歡迎回來，尤吉歐。你完成我交付的任務了吧？」

「……是的。」

尤吉歐以沒有抑揚頓挫的聲音小聲地回答。雖然不擅長演戲，但在盧利特村裡已經過了許多年壓抑感情的生活。只要恢復成在基家斯西達底下和那個不可思議的黑髮少年相遇前的自己就可以了。

「真了不起。看來我要給尤吉歐獎賞才行，到床上來吧。」

從布幔深處傳來甜膩溫柔的呼喚。

尤吉歐再次用左手碰了一下胸口，然後才輕輕地拉開包圍床鋪的布幔縫隙。雖然看不清楚籠罩在紫色黑暗當中的深處，但可以聞到一股像是在引誘他的熟悉甜香。

把身體移到光滑的白絹床單上後，尤吉歐便一點一點往前爬。雖然床鋪相當大，到中央的部分也不過只有五梅爾左右的距離，但不論怎麼移動手腳還是看不見前方，而且指尖也碰不到任何東西。

但是這時候要是露出慌張的模樣或者是聲音的話，就會被對方發現自己已經恢復意識。於是尤吉歐把注意力集中在床單的手感上並埋頭前進。

忽然間——

稍微高一點的地方無聲地出現了淡淡的亮光。

純白光輝不是蠟燭也不是燈光。雖然完全沒聽見詠唱，但那是由術式所產生的光素。輕輕飄浮在空中的光粒稍微驅趕了濃密的黑暗。

將視線往下移的尤吉歐，在兩梅爾前方看見「那個人」的微笑後，一瞬間瞪大了眼睛。但馬上就消除表情，維持兩手撐在床上的姿勢低下頭來。

纏著紫色薄布，留著一頭長長銀髮的少女。同時也是人界支配者的她擁有絕對美貌，以及無法看透內心的鏡子般雙眸。

最高司祭亞多米尼史特蕾達。

隨意坐在床單上的少女，以反射素因光線而發出銀色光芒的眼睛凝視著尤吉歐，接著低聲表示：

「到我這裡來吧，尤吉歐。我會按照約定給予你想要的東西。也就是只屬於你一個人的『愛』。」

「…………好的。」

以極微弱的聲音回答後，尤吉歐便保持趴著的姿勢，一點一點朝少女爬去。

等接近到剩下一梅爾時，便一口氣撲上去，為了不讓她詠唱術式用左手封住她的嘴，然後用右手從胸口拿出「那個」來刺下去。結束這一連串的動作應該用不到兩秒鐘，但面對亞多米尼史特蕾達這樣的對手，反而讓人覺得這兩秒鐘未免太過漫長。

再次確認要反叛最高司祭的瞬間，從眉間到腦袋深處立刻閃過一道更為強烈的疼痛感。但絕對不能被它影響，於是尤吉歐盡可能放鬆全身的力道，慢慢、慢慢地靠過去——

「……但是，在那之前……」

在剩下十限的時候，亞多米尼史特蕾達忽然這麼呢喃，而尤吉歐則是瞬間停止動作。

「……讓我再次好好看一下你的臉吧，尤吉歐。」

難道是自己要對她不利的意念被察覺了嗎？但如果是這樣的話，現在行動也來不及了。所以現在只能照著她的話去做。

尤吉歐維持僵硬的表情，稍微撐起身體看向少女的臉。

原本打算至少不要和她對上眼，但如同鏡子一樣的雙眸卻以無形的強迫力將尤吉歐的視線吸過去。不洩漏自己的內在，但是卻能反過來透視偷窺者所有想法的眼睛，在神聖術光線下發出妖異的光芒。

經過了幾乎以為是永遠的幾秒鐘後，少女的嘴唇輕輕動了起來。

「……因為記憶剛好有空隙，所以我便試著把模組插到那裡，果然不該這麼隨便嗎……」

尤吉歐無法立刻理解她一半是說給自己聽的呢喃究竟是什麼意思。

記憶剛好有空隙——意思也就是說，被搬到這個房間之前，尤吉歐的記憶就已經有缺陷的部分了嗎？但是尤吉歐卻不覺得自己過去有什麼空白的時段存在。或許就是自己不知道才會稱為「記憶空隙」，但賢者卡迪娜爾也說過了……

要埋進敬神模組（Piety module），首先一定要把對象者最為重要的記憶碎片取出來才行。而那大多都是最心愛的人的記憶。

尤吉歐一邊回想起在隱密的大圖書館裡，那似乎已經是很久之前發生的事情，一邊在心中呢喃著。

……我最愛的人。那是八年前的某一天，在我的眼前被整合騎士帶走的愛麗絲・滋貝魯庫。我沒有一刻忘記過愛麗絲。只要閉上眼睛，隨時都能想起她在太陽下發出炫目光芒的金髮、比盛夏天空更藍的眼睛，以及光彩奪目的笑容。

……除此之外，雖然不是情愛，但我現在還有跟愛麗絲同樣重要的伙伴。兩年兩個月前，在盧利特南方森林遇見的不可思議少年。少年擁有東方風情的黑髮、黑眼，同時也是「貝庫達的肉票」。這個人當然就是把我從村子裡拖出來，然後帶領我到中央聖堂的好友桐人了。他惡作劇般的笑容也鮮明地浮現在腦海裡。

……愛麗絲與桐人，我可能再也看不見他們兩個人的笑容了。但是，就算我將命喪於此，到嚥下最後一口氣的瞬間我也絕對不會忘記他們兩個人。

……如果可以的話，真的很想和取回記憶的愛麗絲以及桐人一起回到盧利特村……但輸給亞多米尼史特蕾達的誘惑而喪失自我，對最珍視的兩個人出劍的我，已經沒有權利懷抱這種希望了。

思緒再次來到這裡，尤吉歐的眼角忍不住產生了些許震動。

不知道是怎麼看待這種表情，只見亞多米尼史特蕾達輕輕歪著頭說：

「果然還是有點不穩定。沒辦法了，只能重新合成。尤吉歐，等一下再給你獎勵喔。」

然後她隨意伸出右手。

這或許是展開行動的好機會，但亞多米尼史特蕾達纖細的指尖一朝向尤吉歐眉間，他的身體立刻就被出乎意料之外的現象襲擊。他全身麻痺，不要說手腳了，就連嘴巴都無法動彈。

緊接著，下一個瞬間——

一股奇異的感覺從尤吉歐的眉間貫穿到後腦勺。

冰冷疼痛的源頭，一直刺在他腦袋深處的冰刺硬是被一點一點地拔了出來。雖然不覺得疼痛，但尖刺每次移動眼前就會出現白色電光，同時可以看見朦朧的片段光景。

風吹過翠綠樹梢，從樹葉間透下來的柔和日光。

三個小孩子邊笑邊跑過樹下。

稍微前面一點的小孩有著一頭閃亮金髮。

而自己身邊的小孩則有不停躍動的黑髮。

年幼的尤吉歐邊跑邊把視線往右側看去。但另一名青梅竹馬的笑容卻逐漸往白色閃光的深處離開——

一陣更為強烈的衝擊將尤吉歐的意識拉回微暗的床上。

尤吉歐麻痺的身體整個往後仰，額頭上開始浮出奇異的物體。那是一根發出紫色光芒的透明三角柱。

在薔薇園裡對戰的整合騎士艾爾多利耶也在聽見母親名字的瞬間變得相當奇怪，接著從額頭擠出類似的三角柱。但是現在出現在尤吉歐額頭的柱子更大，而且刻著更複雜的字樣，同時也發出更強烈的光芒。

對自己腦袋裡竟然插著如此巨大的異物感到驚訝，也對亞多米尼史特蕾達的神聖術竟然能辦到這一點感到畏懼的尤吉歐，這時只能默默看著眼前的現象。

「沒錯……就這樣乖乖待著……」

銀髮少女溫柔地呢喃道。她繼續將右手往前伸，慢慢把紫色三角柱從尤吉歐頭裡抽出來。

異物被拔出來的瞬間，尤吉歐的思考霎時變成空白，整個人無力地癱在床上。

最高司祭像是要用雙手指尖包覆住三角柱般支撐著它，一邊用愛憐的眼神看著三角柱說：

「這個模組是剛完成的改良型。除了對我以及教會的忠誠心之外，還組裝了強化想像力的迴路。以它來進行合成，就算不進行效率相當差的訓練，也能在完成的瞬間就能使用心念的力量。雖然目前還僅限於初步的技巧……」

尤吉歐只能理解一半亞多米尼史特蕾達所說的話。

但是，他還是可以確定一件事情。就是那個三角柱，也就是「敬神模組（Piety module）」奪取了尤吉歐的思考能力，讓他變成整合騎士，並對著桐人他們揮劍。雖然是他自己選擇了這條道路，但在模組被抽出來的現在，已經可以不被虛假的忠誠心阻礙而完成最後的任務了。當他回過神來，才發現一直盤據在腦袋深處的冰冷疼痛感也消失了。

但是，被亞多米尼史特蕾達手指指中後就出現的全身麻痺，在模組已經脫落的現在也完全沒有消失。尤吉歐依然不能按照自己的意志來移動身體。

至少也要讓右手能動。這樣才能從胸口抓住那個，朝著亞多米尼史特蕾達揮落，只要能辦到這一點——

當依然縮起背部趴在床上的尤吉歐拚命想擠出身上的力量時，雪白的右手再次朝他伸過來。

眼睛往上一看之下，發現左手拿著模組的最高司祭已經靠近到膝蓋能互抵的位置了。尤吉歐的脖子被露出平穩微笑的少女靜靜拉了過去，連這麼一點力道都無法抵抗的尤吉歐只能整個人往前倒。

亞多米尼史特蕾達把尤吉歐的頭側放到併攏在一起彎曲的雙腳上，接著一邊用指尖撫摸他的髮根呢喃道：

「再讓我看看你的記憶吧，這次我會好好地把這個埋在你最重要的地方。這樣的話，你的頭就再也不會痛了。不只是這樣……你還可以永遠從無謂的煩惱、痛苦與飢渴當中獲得解放喔。」

雪白纖細的手指離開額頭緩緩往下移，最後輕輕碰著尤吉歐的嘴唇。結果他嘴巴附近的麻痺感就變輕了。

移開手指的少女露出甜美的微笑下達命令：

「來吧，再詠唱一次剛才教你的術式。」

「…………」

尤吉歐輕輕動起好不容易才能控制的嘴唇。

不只是成為整合騎士與桐人交戰的時候，就連之前的記憶都相當模糊，但自己詠唱的三句式句卻還鮮明地存在於腦袋當中。

Remove Core Protection。

雖然無法想像首次聽見的神聖語究竟代表什麼意思，不過唯一可以確認的，就是那個簡短的術式，可以開啟人類與生俱來守護心門的鎖。

所以亞多米尼史特蕾達才能自由地窺視尤吉歐的記憶，然後把敬神模組(Piety module)插進早已存在的空隙當中。但是借用亞多米尼史特蕾達所說的話，剛才的「合成」並不穩定，所以她似乎想再進行一次同樣的儀式。

現在尤吉歐之所以還能像這樣雖然勉強卻依然保留一絲自我意識，就是因為心門已經再次被關上的緣故吧。至於是時間久了就會自己關上，還是亞多米尼史特蕾達因為某種理由把它關上就不得而知了。但是若要再次進行合成，最高司祭就必須讓尤吉歐再詠唱一次那三句式句。

一旦再次詠唱，恐怕這次尤吉歐就會身心都成為整合騎士，再也無法實現取回愛麗絲記憶的最後願望了。

但如果不詠唱的話，亞多米尼史特蕾達就會發現尤吉歐的反叛之意。

現在這個瞬間，最高司祭毫無防備地露出肌膚的這一瞬間，就是最後，同時也是最大的機會了。要想辦法控制麻痺的右手，把那個刺到她身上。

最高司祭光是把右手對準尤吉歐就能讓他麻痺了。而且還不只是這樣，當浮在床上空的光素出現時，尤吉歐根本沒聽見詠唱術式的聲音。

雖然種類不同，但尤吉歐不久之前才目擊一樣不詠唱術式就能行使無形力量的場面。那是在下層的大浴場裡，與整合騎士長貝爾庫利．辛賽西斯．汪對戰的時候。對尤吉歐來說是開拓盧利特村的遠祖，同時也是傳說英雄的他，一揚手就把放在遠處的劍拉過來了。

而且不只是這樣。現在回想起來，大圖書館裡的賢者卡迪娜爾不也是揮一揮手杖就能封鎖通路，或者讓桌子出現嗎？達到他們那種程度之後，一定光是在心裡想像就能發揮出跟神聖術同樣的力量。

當然，幾天前還在修劍學院裡學習神聖術的尤吉歐，以神聖術師的造詣來說，不要說是亞多米尼史特蕾達或者卡迪娜爾了，大概就連服侍公理教會的修道士見習生都比不上吧。

但是現在……

只有現在，尤吉歐必須用心的力量來打破束縛身體的麻痺術。

桐人過去曾經說過，這個世界裡，最重要的是在劍上灌注何物。而那也就是將內心產生的力量寄宿於劍上，藉此強化斬擊的威力。

如果心可以讓劍變強，那麼對於神聖術……不對，對於人類的所有行為應該也有同樣的效果才對。

——動啊。

尤吉歐張開嘴唇，一邊緩緩吸氣一邊專心想著。

——快點動啊，我的右手。

——到目前為止的人生裡，我已經犯下許多錯誤。沒辦法解救被整合騎士帶走的愛麗絲，之後過了好幾年也沒有出發去救她，等好不容易來到旅程的終點時卻又誤入歧途，為了彌補我的懦弱……

「………快……」

從尤吉歐嘴裡發出沙啞低沉的聲音。

「……快……動……」

從正上方往下看的亞多米尼史特蕾達臉上的笑意已經變淡，銀色雙眸像是要刺探尤吉歐真正的心意般瞇了起來。尤吉歐已經無法回頭了，於是他把全心聚集起來的力量集中在右手。

但是麻痺卻完全沒有消失。他的指頭與手掌就像是被無數透明的針插滿，妨礙著他的行動。只要現在這一瞬間能夠活動，就算右手碎掉也無所謂，就算再也無法握劍也沒關係。所以，請讓我再動最後一次——

「……快、動、啊……！」

當尤吉歐擠出聲音來這麼叫道的瞬間。

忽然有淡淡的光芒包圍他癱在床單上的右手。那是溫暖、溫柔，能夠消除所有痛苦般的光芒。貫穿骨頭與肌肉的冰針瞬時開始融化崩解。

「……你……？」

亞多米尼史特蕾達低聲呢喃並準備退開。

但尤吉歐這時候已經將從麻痺當中解放出來的右手伸進上衣胸口，抓住以細鍊子掛在胸前的東西。

那是一把有著深沉紅銅色的極小短劍。

尤吉歐隨即用反手握住短劍，朝亞多米尼史特蕾達罩著單薄衣物的胸口，從深邃衣領露出來的雪白肌膚刺下去。

這是絕對能夠刺中的距離。短劍的劍身部分雖然只有五限左右，但不可能刺不中伸手可及的對象。

不過如同細針一樣的劍尖，在快要貫穿亞多米尼史特蕾達身體的瞬間，忽然發生了超乎想像的現象。

「喀鏗！」如同雷鳴般的衝擊聲響起，同時以短劍為中心出現了同心圓狀的紫色光膜。形成閃亮波紋的，是極細微的神聖文字串。這幾乎可以說是沒有實體的薄膜，阻斷了短劍銳利的劍尖。

「咕……嗚！」

尤吉歐咬緊牙關，擠出所有的力氣來反抗這股巨大的力量。

右手握住的，是賢者卡迪娜爾給予桐人以及尤吉歐一人一把的短劍。雖然這把短劍幾乎沒有攻擊力，但被隔離在圖書館裡的卡迪娜爾能夠用神聖術影響被刺中的人。

尤吉歐的短劍是為了讓整合騎士愛麗絲陷入沉睡。

而桐人的短劍則是為了要打倒最高司祭亞多米尼史特蕾達。但是他把自己的短劍用來救助在第五十層對戰的副騎士長法那提歐・辛賽西斯・滋了。

那個時候，卡迪娜爾超越空間傳達過來的聲音是這麼說的，她說：「亞多米尼史特蕾達現在很有可能處於非覺醒狀態。在那傢伙醒過來前到達最上層的話，就有可能在不使用短劍的情況下排除她。」

但是現在已經來不及了。既然她已經覺醒，那麼要打倒與卡迪娜爾擁有同等力量的最高司祭，就只剩下尤吉歐手裡的短劍這個方法了。

取回愛麗絲的記憶，和她一起回到盧利特村。在這漫長的時間裡，這就是尤吉歐唯一的願望。但是就算只有極短暫的時間，他還是被最高司祭的言語迷惑，穿上整合騎士的鎧甲，對著桐人——以及愛麗絲揮劍，這讓尤吉歐覺得自己沒有資格再抱持這樣的願望。

要說有什麼贖罪的方法……

就只有捨棄自己——不是因為個人的執著，而是為了更重大的使命而殉命一途。

年僅十一歲的愛麗絲從故鄉被帶走，記憶遭到封鎖後變成了整合騎士。

貴族想利用特權來侮辱無辜的緹潔與羅妮耶。

為了破壞這種扭曲的統治制度，自己將用盡殘留下來的天命。只要能打倒最高司祭，就算在這裡喪命，都不算浪費了離開村莊朝央都前進的旅途，以及在學院裡學習的那些時光。

雖然隨著這樣的決心揮下短劍，但是劍尖被紫色薄膜所阻而無法刺及亞多米尼史特蕾達的

肌膚。另一方面，最高司祭似乎也沒料到尤吉歐會有這樣的行動，只見她一邊劇烈地呼氣一邊將整個上半身往後仰。

瞪大的白銀雙眸裡帶著憤怒的光芒。

即使承受這樣的視線，尤吉歐還是把左手疊到右手上，用盡全身的力氣想把短劍刺入。

「嗚……喔、喔喔！」

當像針一樣細的劍尖貫穿發出強烈光芒的障壁僅僅一米釐時——下一個瞬間……

形成障壁的眾多神聖文字施放出白光並爆炸，把尤吉歐與最高司祭往後方吹飛。

「嗚……！」

尤吉歐就像被巨人的手掌橫掃出去般飛上天空，但立刻被拋出床外面的他還是同時完成了兩樣工作。

首先他重新握緊了差點從右手上彈走的短劍鍊子，接著在背部撞上地板的瞬間，馬上用左手抓住橫躺在身邊的藍薔薇之劍的劍鞘。

即使抱住沉重的愛劍速度還是沒有減緩，在地面上滾了好幾圈後，背部猛烈撞上遠處的大窗戶才停了下來。

「咕………」

雖然發出短短的呻吟，尤吉歐還是拚命抬起頭來，看向房屋的中央。

從挑高的天花板垂下來的薄布全部都被吹開，整個圓床都露了出來。深處則可以看見一道靜靜站在那裡的人影。對方明明和尤吉歐一樣被障壁的爆炸吹飛出去，卻只有長長的頭髮緩緩飄動著，本人則是一點受傷的樣子都沒有。左手上還可以看見從尤吉歐額頭上拔出來的發光三角柱。

紫色薄衣可能因為承受不住爆炸的旋風碎裂而消失，但亞多米尼史特蕾達完全不在乎自己一絲不掛的模樣，只是抬起右手來整理紊亂的銀色長髮。

緊接著，她就像空中存在透明的椅子一樣輕輕坐了下來，並交疊纖細的雙腳。然後又無聲地在空中移動，到了距離趴在大房間南側角落的尤吉歐十梅爾左右的位置才停下來。

最高司祭坐在透明寶座上，接著把右手手指放在下巴注視著尤吉歐。他的身體無法動彈，也說不出話來，最後銀眼少女才露出淡淡的笑容說道：

「原本還在想你是把那個小道具藏在哪裡……看來應該是圖書館裡的小不點幹的好事吧。竟然能夠逃過我的知覺，想不到一陣子不見，那傢伙也學會這種小聰明了。」

她接著又從喉嚨深處發出些微笑聲。

「不過真是太可惜了。我也不是成天只躺在床上睡覺。給那個玩具附上金屬屬性算是那個小不點的失策。所有金屬物體都沒辦法傷到現在的我的肌膚，不論是食人鬼的蠻刀或者裁縫的縫衣針都一樣。」

「什……………」

依然倒在地板上的尤吉歐發出低聲呻吟。

金屬武器絕對無法傷害她。

如果這是事實，那麼包含卡迪娜爾所給予的短劍在內，所有長劍的攻擊不是都對最高司祭發揮不了效果了嗎？剛才阻止短劍劍尖的紫色薄膜應該就是所謂的防禦術，就算想用神聖術解除也不曉得該用什麼術式，而且尤吉歐也不覺得憑自己的能力辦得到這種事。

尤吉歐這時只能拚命握緊小到可以藏在右手裡的小小武器，仰望坐在空中的亞多米尼史特蕾達，而裸體少女則是溫柔地對他呢喃道：

「可憐的孩子。」

「……………」

「難得我都跟你約好了，只要對我付出一切，我就會給你等價的愛。明明已經快要得到你一直冀求的，永遠的愛與永遠的支配了啊。」

「……………永遠的愛……」

尤吉歐在下意識中以沙啞的聲音這麼重複著。

「永遠的……………支配……………」

最高司祭一邊用左手玩弄著從尤吉歐額頭拔出來的敬神模組一邊點頭說道：

「沒錯，尤吉歐。只要把一切交給我，一直讓你感到痛苦的渴望馬上就能得到滿足。你內心一直抱持的不安與恐懼也會消失不見。這是最後的機會了……尤吉歐，用你左手的劍把右手上的玩具砸壞吧。這樣的話，我將以寬大的愛來赦免你的罪過。」

「…………」

依然俯臥在地板上的尤吉歐，依序看了一下左手抓住的藍薔薇之劍，以及緊握在右手上的紅銅色短劍。然後才再次抬頭看著亞多米尼史特蕾達說：

「愛是支配以及被支配……可憐的——應該是只能說這種話的妳。」

「…………」

這次換成最高司祭沉默了。

她纖細的右手一揮，就會有超高等的神聖術降下，而自己的天命也會瞬間消失。即使理解這一點，尤吉歐依然繼續表示：

「……妳一定也跟我一樣渴望得到愛，不停地探求……但是卻沒有人給妳愛。」

尤吉歐一邊說，一邊在心底深處呢喃著。

——我可能是個不受自己父母親喜愛的小孩。

——但就算是這樣，我還是喜愛許多人。

比如說前任伐木手卡利塔爺爺、教會的阿薩莉亞修女、修女見習生賽魯卡。說許多故事給我聽的祖父、年紀還小時幫忙照顧我的絲莉涼大姊。渥魯帝農場的巴農叔叔、托莉莎阿姨以及雙胞胎緹琳與緹露露。鍛鍊我的哥魯哥羅索學長、舍監阿滋利卡老師。

雖然時間很短，擔任我的隨侍並每天都讓我看見開朗笑容的緹潔，以及照顧自己伙伴的羅妮耶。

當然還有，桐人。

愛麗絲。

「妳錯了，可憐的人啊。」

尤吉歐凝視亞多米尼史特蕾達透露出謎樣七彩光芒的眼睛，然後一個字一個字地加重語氣說道：

「愛不是支配。它不能用要求回報，或者是交易來獲得。就像幫花朵澆水一樣，只要一直付出……我想這才是愛。」

聽到他說的話後，亞多米尼史特蕾達的嘴角再次浮現淡淡的微笑。

但是笑容裡已經沒有任何蜂蜜般的甜意了。

「…………太可惜了。原本只是想赦免反叛公理教會的大罪人，並且拯救他的靈魂，結果竟然被批評成這樣。」

屏息的尤吉歐，抬頭看著飄在空中的銀髮少女瞬間從「人」轉變成「神」的模樣。

雖然外表沒有什麼變化。但是通透的雪白肌膚卻散發出深不見底的壓迫感——真要說的話，大概就像是神明的氣息吧。這種壓倒性力量的徵兆，讓人感覺她只要稍微動一下手指，不論是什麼樣的劍士或者術者都會被大卸八塊。

「尤吉歐……你該不會是認為……我需要你吧？覺得我想把你變成整合騎士，所以應該不會奪走你的生命……？」

少女淺淺的微笑完全看不出任何感情。尤吉歐只能用力握住右手的短劍，承受著壓在整個身體上的壓迫感。

「呵呵呵……我不需要像你這麼無聊的小孩了。讓我把你的天命吸盡，然後把屍體轉換成小小的寶石，收到我的寶石箱裡去吧。這樣就算整理過今天的記憶，只要看到那顆寶石，應該也能稍微有點感觸吧。」

以帶著笑意的聲音丟出這樣的話後，亞多米尼史特蕾達便輕輕在透明的椅子上將交疊的雙腳換了個方向。

這絕對不是威脅。只要最高司祭決定這麼做，那她就會毫不猶豫地加以實行。

事到如今已經沒辦法逃走，就算想逃也完全沒有退路。啟動到下一層樓的升降盤實在太花時間了。就算想辦法打破身後的玻璃窗，外面也只有距離地面數百梅爾的廣闊天空。

而且在第九十九層對桐人與愛麗絲使用藍薔薇之劍的武裝完全支配術時，尤吉歐就決定自己的命運了。他決定即使犧牲自己的生命，也要把卡迪娜爾的短劍刺到最高司祭身上。

雖然最高司祭已經被能抵擋所有金屬武器的障壁保護住，但那道障壁似乎也沒有像她說的那樣絕對無法突破。剛才尤吉歐用盡所有力氣把短劍推進去時，障壁看起來就像爆炸了一樣。雖然不認為那樣就能讓術式消失，但爆炸之後說不定能讓短劍刺中對方的身體。

「哎呀……你還打算做些什麼嗎？」

亞多米尼史特蕾達低頭看著趴在地上的尤吉歐這麼呢喃道。

「最後還想讓我享受一下，這孩子真是努力呢。看來……殺掉後變成寶石好像太過於無趣了？雖然會花點時間，還是應該像那個孩子一樣強制進行合成比較好嗎……？」

雖然是九死一生的狀況，但最高司祭所說的話還是有一部分引起尤吉歐的興趣，於是他不自覺地重複了一遍。

「……那個孩子……？」

結果銀髮少女露出更加深邃的笑容點頭說道：

「沒錯。就是你相當在意的薩提喲。那個孩子也不願意詠唱術式，所以我讓自動化元老機關花了好幾天來強制解除她的防護。我當時在睡覺沒有看見實際的情形，不過應該很痛苦吧。

怎麼樣……？你要不要也體驗一下跟她一樣的經歷啊？」

「…………薩提…………愛麗絲……」

尤吉歐以幾不成聲的聲音叫著那個名字。

最高司祭所說的話，他依然有一半以上無法理解。不過，唯一可以確定一件事。

八年前，被用繩子綁起來帶到中央聖堂的年幼愛麗絲，在成為整合騎士的過程中受到相當強烈的痛苦。尤吉歐敗給亞多米尼史特蕾達而詠唱出「Remove Core Protection」的術式，但她卻一直拒絕開口，結果就是心扉被強行打開。和當時承受的痛苦比起來，尤吉歐在至今為止的戰鬥所受的傷害根本就只是小兒科。

自己果然不能在這時候逃走。

在對亞多米尼史特蕾達報一箭之仇之前，自己絕不能死。

「…………」

尤吉歐咬緊牙關，用發抖的雙手撐起身體，搖搖晃晃地站了起來。

此時亞多米尼史特蕾達臉上的笑意已經逐漸淡去，而尤吉歐則是一邊回瞪著她的雙眸，一邊把短劍的鍊子繞在右手上，接著才握住藍薔薇之劍的劍柄。他一面感覺白色皮革吸附在手上般的觸感一面一口氣把劍拔出來後，隨即把劍鞘丟在地上。

劍身在背後窗戶射進來的月光照耀下發出藍白色光芒。

坐在十梅爾前方空中的少女，像是很厭惡這道光芒般瞇起眼睛，然後以更加冰冷的語調表示：

「這就是你的答案嗎，小子？好吧……那麼我就大發慈悲，在不會讓你感到痛苦的情況下殺了你吧。」

說完隨即抬起右手，只伸出食指來對準尤吉歐。

最高司祭使用神聖術時似乎不需要詠唱術式。但就算是這樣，想使用攻擊術的話，還是得經過兩個必要的程序。

也就是生成素因與加工。不論是什麼樣的高手，在生成熱素、凍素還是其他屬性的素因後，都需要兩秒的時間才能給予它們形狀並發動攻擊。

因此尤吉歐看見最高司祭右手開始動作的瞬間，立刻把愛劍舉到右肩。

藍薔薇之劍的劍身被黃綠色光芒包圍。

亞多米尼史特蕾達的指尖產生藍色光點。

「喔……喔！」

這就是最後一劍，最後的祕奧義了。

帶著這種覺悟的尤吉歐往地面踢去。

艾恩葛朗特流突進技，「音速衝擊」。

耳朵深處再次響起桐人的聲音。

——聽好了，尤吉歐。祕奧義會自行推動我們的身體。但只保持被動是不行的。

——必須和祕奧義合而為一，利用踢腿與手臂的揮動來幫招式加速。能做到這一點的話，你的劍就會比風還要快擊中敵人。

不知道究竟練習過多少次，也不知道失敗過多少次，讓自己的臉撲進草堆裡面。

當然，也不知道聽過多少次桐人因此而發出的愉快笑聲——

尤吉歐的劍閃著翠綠色光芒，留下風切聲閃過整個空間。

嘴角笑容已經消失的最高司祭立刻張開右手。

變成冰針準備發射出去的凍素碰到藍薔薇之劍後就啪一聲彈開了，緊接著尤吉歐使盡全力的祕奧義便撞上亞多米尼史特蕾達的手掌——不對，應該說是撞上在她手掌前方五限左右張開的紫色薄膜。

比剛才更強烈的衝擊與爆炸聲朝尤吉歐襲去。

能夠阻擋所有金屬武器的紫色障壁雖然也擋下經過加速的音速衝擊，但細微的神聖文字形成的薄膜也產生好幾層波紋開始劇烈震動。

繼續全力往前推進的話，障壁又會跟幾分鐘前一樣爆炸吧。必須想辦法抵抗那股壓力，然後這次一定要用掛在右手腕上的短劍刺中亞多米尼史特蕾達。只要能成功，就算粉身碎骨也無所謂。

「擊……碎……它……！」

尤吉歐把所有力量加諸於依然殘留著祕奧義光芒的藍薔薇之劍上並這麼大叫。

「………………！」

最高司祭雖然不發一言，不過嘴角也不再有笑容。她瞇起來的雙眼深處有七彩光芒捲動，伸直的右手五根手指也彎曲成危險的角度。

之所以沒有用左手發動攻擊，應該是因為手裡還握著敬神模組(Piety module)的緣故吧。嘴裡雖然說要殺掉尤吉歐，卻還是不願意捨棄模組，大概是因為還沒有放棄把他變成騎士，或者是另有用途的關係吧。

但現在想這些事情也沒用了。讓最後的攻擊成功——就算用盡殘存的氣力與體力，也一定要達成這個目標。

「嗚……喔喔喔喔喔——————！」

當尤吉歐從丹田擠出最後的力量時。

眼前再次發生出乎意料之外的現象。

藍薔薇之劍開始一點一點刺進紫色障壁裡了。

障壁本身仍未消失。但是愛劍的尖端確實一點一點地切開應該能阻擋所有金屬的神聖文字——不對，應該說穿透才對。

這絕不是幻覺，證據就是最高司祭本人也瞪大了銀色眼睛。

狀況忽然間產生變化。

在空中接下尤吉歐長劍的亞多米尼史特蕾達，突然用力往後跳去。障壁當然也瞬間跟著後退，而失去支撐的藍薔薇之劍則是發出尖銳的「嚓咻！」聲並往正下方揮落。劍刃一碰到地板的瞬間，厚重的絨毯馬上被切開一條長達數梅爾的裂痕。

尤吉歐不清楚發生了什麼事。唯一可以確定的，就是繼續這樣停止不動，一定會挨下最高祭司的攻擊術。雖然用盡渾身解數的手腳相當沉重，但尤吉歐立刻為了追擊而往地面一蹬。

然而這次卻被敵人搶先了一步，最高司祭在後退時已經生成新的素因朝尤吉歐發射過來。當他擺出祕奧義的姿勢時，綠色光點已經來到眼前。

尤吉歐本能地卸開架勢，以藍薔薇之劍保護身體。下一刻，風素便隨著綠色閃光炸裂，產生的強烈旋風再次把尤吉歐吹到南側牆壁邊。

幸運的是，最高司祭似乎省去了素因加工的過程，如果不只是素因解放而是風刃之術，尤吉歐可能已經被砍斷一隻手或者是腳了吧。

但這同時是他的不幸。跟上次背部撞上平坦的玻璃窗不同，他這次撞上了連結兩扇窗戶的巨大柱子。

而柱子上都有巨大的模造劍裝飾品，尤吉歐劇烈撞上劍背之後才滾落到地板上。如果撞上的不是模造劍的劍背而是劍刃的話，就算只是裝飾品可能也會受重傷。從這一點來看或許可以稱得上是幸運，但幾乎無法呼吸的劇痛還是讓尤吉歐起不了身。

——得快點動啊，下次一定就是真正的神聖術了。

尤吉歐一邊對自己這麼說，一邊拚命抬起上半身。

最高司祭似乎一直退到了床後面，從暗影當中只能看見她銀髮的光芒。這是音速衝擊無法到達的距離——但是神聖術則能輕易抵達。如果繼續趴在地上，一定會被對方殺掉。

「嗚……咕……」

尤吉歐一邊呻吟，一邊死命以右膝撐起身體。但是腳卻無法施力。無論多麼用力想站起來，雙腳都只是不停顫抖，完全不聽使喚。

——不行。還不能認輸，這時候放棄的話，我回到這房間來就沒有意義了。

——不對。應該說，那我活到現在又有什麼意義呢？

「咕……喔、喔……！」

尤吉歐將背部靠在黃金模造劍上，以藍薔薇之劍代替拐杖後才好不容易撐起身體。背部劇烈撞擊時，似乎除了撞傷外也出現了割傷，可以看見鮮血不停滴到地板上。

從跌倒到站起來整整花了五秒以上的時間，但最高司祭不知道為什麼沒有發動追擊。她只是飄浮在二十梅爾前方的黑暗當中保持著沉默。

不久之後才出現只有在這間絕對寂靜的房間才能聽見的呢喃聲。

「…………那把劍……哦～原來是這樣……」

在不了解這句話究竟是什麼意思的情況下，尤吉歐稍微往下瞄了一下右手。

插在地板上的藍薔薇之劍、掛在手腕上的紅銅短劍，亞多米尼史特蕾達所說的「那把劍」，究竟指的是哪一把呢？

雖然第六感告訴尤吉歐這是非常重要的事，但在他找到答案之前——

籠罩中央聖堂最上層的寂靜，再次被來自於尤吉歐與亞多米尼史特蕾達之外的某個人所發出的奇怪叫聲打破了。

「咿、咿、啊咿——————！」

看了一下發出聲音的地點，馬上可以見到距離約四到五梅爾處逐漸下沉出一塊圓形地板。那是連接下一層的升降盤，這時又有再大聲一些的聲音從地板與絨毯之間的黑色縫隙傳出來。

「請……請……請救救我——最高司祭猊下——————！」

可以確定刺耳的尖銳聲音是來自於先前下到第九十九層的元老長裘迪魯金。

聽見這參雜著悲鳴的呼喚後，亞多米尼史特蕾達無聲地從黑暗當中移動到床角並降落下來，接著自言自語道：

「……為什麼那個傢伙年紀越大卻越像個小孩呢。看來是該重置的時候了。」

雖然小心翼翼地注視著不停輕輕搖頭的最高司祭，但尤吉歐還是一邊慢慢往房間西側退去來與升降盤保持距離。

雖然圓盤正不停下沉，但它的速度絕對稱不上快。降到下一層樓讓裘迪魯金乘坐上去，接著再次升上來至少也得花上幾十秒的時間。

——心裡雖然這麼想，但地板與圓盤之間才出現二十限左右的空隙時，就有兩隻蒼白的手抓住洞穴邊緣。

「呵喔喔喔喔喔！」

奇怪的叫聲第三度響起，接著從縫隙中出現圓滾滾的頭顱。才剛看見這顆沒有任何毛髮且變成鮮紅色的光頭，元老長就硬是伸長身體，咕咚一聲滾到地板上來了。

他身上的服裝和剛才對尤吉歐作威作福完才下樓時一樣。但中間圓滾滾的紅藍色小丑服已經出現許多裂痕而且整個萎縮了。

最高司祭瞥了一眼整個人癱在地板上並不停急促喘氣的裘迪魯金後……

「……你那是什麼模樣？」

才開口以冷冷的語氣這麼說道。

另一方面，尤吉歐則是因為另一件事而感到震驚。元老長從破爛小丑服底下露出來的手腳與身體，竟然像枯枝一樣細。但他的頭部卻還是一樣肥大，看起來簡直就像小孩子隨手亂畫的火柴棒小人一樣。

這樣的話，在大浴場第一次見到他時，到底是什麼東西讓小丑服膨脹成那個樣子呢，正當尤吉歐內心興起這個疑問時，裘迪魯金完全不在意站在數梅爾外的他，直接爬起身來以立正不動的姿勢開始辯解。

「小……小生這副模樣一定讓最高司祭猊下感到相當不高興，但這都是為了誅殺反叛者，甚至可以說是為了守護公理教會的榮譽而進行激戰的結果！」

說出這一長串的話之後，裘迪魯金似乎發現最高司祭一絲不掛的模樣，只見他弦月狀的雙眼立刻瞪得跟滿月一樣。接著更迅速用雙手蓋住臉孔，整個圓滾滾的頭部開始發紅發熱，然後以尖銳的聲音叫著：

「哈嗚！哦呵哦哦哦哦！不行啊，猊下怎麼可以露出您寶貴的肌膚，小生的眼睛要爆掉了，整個人要變成石頭啦———！」

他嘴裡雖然說了許多表達惶恐心情的話，但是卻大大地打開手指，然後從縫隙中露出來的眼珠更是閃閃發光。裘迪魯金這種樣子，讓最高司祭也忍不住用左手遮起自己的胸部。然後以帶著超級寒氣的聲音對小丑丟下這麼一句話：

「不趕快說有什麼事，我真的要把你變成石頭了。」

「呵哦哦！呵啊啊啊啊……啊……………啊、啊啊！」

一邊扭動細長身體一邊發出怪聲的袞迪魯金，一聽見最高司祭所說的話，立刻就停下動作。而火紅的頭部也迅速變白。

忽然轉過身子的元老長就像青蛙一樣跳著靠近自己剛才冒出來的洞穴。升降盤這時依然在第九十九層裡還沒升上來。

「得……得快點封鎖這裡！那些傢伙，那兩個惡魔就要上來了！」

「……你不是去解決反叛者了嗎？」

在亞多米尼史特蕾達這麼詢問後，可以看見袞迪魯金的背嚇得震動了一下。

「這……這這這個嘛……小生雖然勇猛果敢地奮戰到自己變成這種狼狽的模樣，但是那兩個反叛者可以說是陰險毒辣的傢伙……」

即使聽著元老長以尖叫般的聲音這麼說著，尤吉歐還是用另一半的腦袋開始想了起來。

袞迪魯金所說的「兩個反叛者」當然就是指尤吉歐冰封在第九十九層的桐人與愛麗絲了。就算元老長是教會第二把交椅的神聖術師，又或者桐人他們是被封在冰層裡，尤吉歐都不認為他們會落敗，看來袞迪魯金果然是遭到劇烈反擊後逃回來了。

不過——這也就表示……

尤吉歐下意識當中從升降盤旁邊往後退了一兩步。

可能是因此而注意到些微的衣服摩擦聲吧，只見站在那裡說了一堆藉口的裘迪魯金忽然瞄了這邊一眼。

元老長細長上揚的眼睛再次瞪大。接著又用左手指尖指著尤吉歐，像是忘記自己的醜態般高傲地叫著：

「喝啊啊啊！三……三十二號，你這個傢伙！到底在做什麼～！竟然敢在猊下居住的『神界之間』拔劍，實在是太不知好歹了！現在馬上給我跪下啊啊啊啊啊啊！」

「…………」

但是尤吉歐已經幾乎沒有注意裘迪魯金在說些什麼了。

他雙耳所聽見的，是從樓下傳上來的些微震動聲。也就是厚重的升降盤以術式之力升上來的聲音。

逮到機會破口大罵的元老長遲了一會後也注意到這道聲音，於是立刻閉上嘴巴。

他轉過身體，趴在地面默默地從洞口往下窺看。

「呵啊啊啊啊——！」

接著發出到目前為止最大的悲鳴，然後再次看向尤吉歐……

「三……三三三三十二號！你還在做什麼～快點到下面去啊啊啊！說起來就是因為你沒好好教訓那兩個傢伙，事情才會變成這樣的喲～這不是我的責任～猊下，請您務必要了解這一點…………」

趴在地上的裘迪魯金一邊連珠砲地說出一大串話，一邊想往床鋪那邊移動，然而他的右腳卻──

被一隻從洞穴裡伸出來的手給用力抓住了。

「呵嘻咿耶耶耶耶────！」

翻白眼大聲尖叫的裘迪魯金不停地甩動右腳。結果前端相當尖的小丑靴因此脫落，矮小的身軀也因為太過用力而滾了好幾圈。馬上爬起來的元老長往床鋪飛奔而去，接著更撩起垂下的床單，鑽進床鋪與地板之間的黑暗當中。

站在床鋪另一側的最高司祭似乎已經對元老長的醜態沒有興趣，只見她露出無聲的微笑，凝視著地板上的洞穴。尤吉歐雖然心裡想著只要她一有攻擊的動作就必須立刻砍過去，但她目前似乎只打算靜靜迎接新的來客。

確認這一點後，尤吉歐也把視線移回升降盤上。

抓住裘迪魯金靴子的手依然伸得筆直。手上的黑色衣袖整個往下掉，露出底下纖細但有著結實肌肉的手臂。

尤吉歐不知道已經被那條手臂救過多少次了。

不對，到今天這個瞬間為止，尤吉歐都是被這隻手牽著才能夠來到這裡。即使他誤入歧途，揮劍攻擊了這條手臂的主人也是一樣。

升降盤持續上升。

接著出現的是因為戰鬥而凌亂的黑髮。然後是比玻璃窗另一側的夜空還要黑，也比眾星還要亮的兩顆眼睛。最後則是露出自信笑容的嘴唇——

「……桐人……」

尤吉歐以顫抖的聲音低聲叫著友人的名字。雖然不是在十梅爾以上的地方能聽見的音量，但好友卻像是理所當然般朝牆邊的尤吉歐看去，保持著笑容對他點了點頭。

那溫暖、堅強的動作可以說和最初相遇時完全一樣。下一刻，升降盤便發出沉重的聲音停了下來。

——桐人……你……

一股連自己也不清楚的感情，讓尤吉歐覺得胸口深處隱隱發疼。

但那絕對不是讓人不愉快的疼痛。至少和腦袋裡插著敬神模組（Piety module）時的痛苦比起來，這股疼痛感可以說溫柔、可憐、可愛多了。

是伙伴也是劍術師父的黑衣年輕人直盯著呆站在那裡的尤吉歐看，接著露出充滿自信的笑容說：

「嗨，尤吉歐。」

「……………不是要你們別來了嗎？」

尤吉歐好不容易擠出這句話來回答後，伙伴便一邊把右手上袞迪魯金的靴子遠遠丟出去，一邊加深了臉上的笑容。

「我哪時候老實遵守過你的吩咐了？」

「……………說得也是。你總是……………這樣……………」

尤吉歐說到這裡就再也說不下去了。

他原本打算犧牲生命來彌補對朋友揮劍的罪過。他打定主意就算軀體四分五裂，也要把最後的希望，也就是卡迪娜爾的短劍刺到亞多米尼史特蕾達身上。但最後還是無法完成使命就跟桐人再次見面了。

等等，不是這樣。桐人是按照自己的意志出現在這裡。

破除尤吉歐的完全支配術、擊退元老長袞迪魯金，在尤吉歐還存活的時候來到第一百層。

——沒錯，我還活著。右手上也還掛著短劍。這樣的話，現在就是戰鬥的時刻了。這就是我現在唯一能做的事。

尤吉歐把視線從伙伴身上移開，看向房間中央。

最高司祭亞多米尼史特蕾達嘴角帶著謎樣微笑，靜靜佇立在巨大床鋪後方。搖晃著藍白色月光的鏡子般雙眸依然看不出任何內在感情。唯一可以知道的，就是她往下看著新的來訪者並思考著某些事情。

在重新開始戰鬥之前，必須先告訴桐人，有能夠阻擋所有金屬的障壁守護著最高司祭的肉體——而那道障壁也許並不是沒有任何弱點。

尤吉歐依然把視線放在最高司祭身上，然後緩緩朝著伙伴身邊移動。

忽然間……

前進的方向傳來清脆的金屬聲。於是尤吉歐便用右眼稍微瞄了一下。

結果從桐人右側，後方柱子上落下來的深沉陰影當中走出另一道人影。

來者身上的金黃色頭髮與鎧甲在藍白色月光照耀下顯得更加清亮，左腰上佩帶有著花朵模樣劍鍔的神器金木樨之劍，另外還能看見緩緩飄動的白色裙子。

整合騎士，愛麗絲·辛賽西斯·薩提。

尤吉歐在第九十九層裡已經看過愛麗絲和桐人一起行動的模樣。但是現在再次看見他們兩個人站在一起，胸口就又感到一陣劇烈的疼痛。原本準備走到桐人身邊的腳也擅自停了下來。

騎士愛麗絲首先看了最高司祭，然後才望向尤吉歐。

她右邊的臉上依然纏著繃帶。同時也是高等神聖術師的整合騎士，應該可以馬上治療這樣的傷痕，之所以還是讓右眼保持這種狀態，說不定是為了要承受痛楚吧。

愛麗絲凝視著尤吉歐的左眼，透露出參雜了數種感情的深藍色光芒。與在第八十層的庭園裡再次相遇時那種毫無感情的冰冷感完全不同，是一雙可以強烈感覺到內心藏著堅強意志的眼睛。

明明尚未取回愛麗絲・滋貝魯庫的記憶，但騎士愛麗絲的內心在短時間內似乎已經有了很大的變化。而造成這種改變的，當然就是站在她身邊的黑髮劍士了。桐人說的話，打動了騎士愛麗絲永凍冰層般的心。

如果——

能夠按照卡迪娜爾所說的，把最高司祭保管在這個房間某處的「記憶的碎片」放回愛麗絲心裡。

那個瞬間，騎士愛麗絲將會變回尤吉歐的青梅竹馬愛麗絲・滋貝魯庫。

同一時間，與桐人交談並決定放下干戈，克服失去右眼的痛楚，決心和他一起對抗公理教會的騎士愛麗絲這個人格恐怕就會消失了。

這正是尤吉歐最大的願望，也是他一路奮戰到現在的理由。但現在的愛麗絲又是怎麼接受這個事實的呢？還有桐人他……連與自己進行死鬥的副騎士長法那提歐都想救的他，真的會希望騎士愛麗絲就這樣消失嗎……

尤吉歐用力吸了口氣並將其呼出，然後硬是停止自己的思緒。

現在得集中精神在最後的戰役上。因為亞多米尼史特蕾達正在靜觀情勢的變化，才能像這樣思考許多事情，但是她隨時都可能再次發動攻擊。

尤吉歐把視線從愛麗絲身上移開，再次看向房間深處後隨即開始移動。他踩著從背後窗戶照進來的月光慢慢橫向移動，最後終於來到桐人身邊。

尤吉歐再次把出鞘的藍薔薇之劍插在地板上，把身體靠在上面輕輕呼了一口氣，而桐人則是對這麼做的他低聲說道：

「你受傷了嗎？應該……不是我害的吧？」

「…………」

聽見伙伴用這麼一句話就想解決在第九十九層的戰鬥——應該說，聽見伙伴願意就這樣讓事情付諸流水的發言後，尤吉歐忍不住露出微笑回答：

「你的劍根本沒有砍到我喔，是剛才背部撞上柱子了。」

「所以說你應該等我們來到這裡才對啊。」

「桐人……是我把你們封在冰層裡面的耶。」

「我們才沒弱到被那種東西停住腳步呢。」

小聲地爭論一番後，感覺兩個人好像回到在第八十層分離前……在修劍學院宿舍裡生活的那個時期，尤吉歐這才覺得胸口的疼痛稍微舒緩了。

但已經發生的事情還是不可能消失。敗給最高司祭的誘惑，對好友揮劍的罪過，不論說再多的話都沒辦法減輕。

於是尤吉歐緊閉嘴巴，用力握緊愛劍的劍柄。

桐人也默默看了大房間深處好一陣子，然後才用緊張的聲音低聲表示：

「那就是……最高司祭亞多米尼史特蕾達嗎？」

結果回答的人是桐人另一側的騎士愛麗絲。

「沒錯……和六年前完全一模一樣……」

可能是聽見兩人之間的對話了吧，最高司祭終於打破了漫長的沉默。

「哎呀呀……這個房間還是第一次有那麼多客人來訪呢。吶，裘迪魯金，你不是說過把愛麗絲小妹和非正規的小子交給你處理就可以了嗎？」

結果垂在床鋪側面的床單由內側被推上來，接著便是一顆大頭從裡面冒出。元老長裘迪魯金朝著錯誤的方向摩擦額頭，以尖銳的聲音大叫：

「呵、呵嘻咿咿！這……這個嘛，小生雖然為了猊下勇猛果敢地奮戰到……」

「這我剛才已經聽過了。」

「哦啊啊啊！不……不是小生的錯啊啊啊～！是三十二號放水，只把他們冰了一半……而且三十號，那個下流的金黃色騎士竟然還對我施放記憶解放術喲！當然那個黃金小女孩的小小特技是不可能傷到小生啦，哦嘻嘻嘻！」

「……絕饒不了那個傢伙……」

愛麗絲以隱含著冰冷殺氣的語調低聲說道。而裘迪魯金似乎完全沒有注意到，只是轉過身子來，仰望站在床上的亞多米尼史特蕾達，然後繼續用尖銳的聲音大叫：

「說起來呢，一號和二號也很不對勁，一定是他們的愚蠢傳染到三十號了啊啊！」

「嗯……你給我安靜一點。」

亞多米尼史特蕾達一這麼說，裘迪魯金立刻閉上嘴巴，然後一動也不動地躺在地板上。但是雙眼還是瞪得老大，肆無忌憚地盯著一絲不掛的最高司祭看。

亞多米尼史特蕾達像是要表示元老長的所作所為根本不重要般，直接用銀色眼睛凝視著愛麗絲，然後微微歪著頭說：

「貝爾庫利與法那提歐都差不多到了該重置的時候了……但愛麗絲小妹妳才不過使用了六年吧？也不像是邏輯閘發生故障……果然是因為受到非正規物件的影響嗎？真是有趣。」

尤吉歐幾乎無法理解最高司祭所說的話。但是銀髮少女的口氣——就像是在談論自己所養的羊甚至是道具一樣，給人一種令人發冷的感覺。

「愛麗絲小妹，妳應該有話要對我說吧？我不會生氣，妳就說說看吧。」

亞多米尼史特蕾達帶著些許微笑，從床上無聲地往前走了一步。

而愛麗絲則是像被無形的牆壁推動般往後退了一步。

尤吉歐朝愛麗絲瞄了一眼，發現騎士在月光照耀下的側臉已經失去血色，而且也緊閉起嘴巴。但愛麗絲馬上站穩腳步，然後以不知道何時脫下護手的左手指尖輕輕碰了一下右眼的繃帶。簡直就像從那簡陋的布料上獲得了力量一樣，往後退的右腳再次往前跨出去。

喀！

厚重的地毯好像完全不存在一樣，響起了尖銳的腳步聲。面對支配者，黃金騎士不但沒有跪下，反而昂然挺起胸部，以凜然的聲音表示：

「最高司祭大人。光榮的整合騎士團於今日完全崩壞了，原因是我身邊兩名反叛者的攻擊，以及……最高司祭亞多米尼史特蕾達，您隨著這座塔所累積起來的無盡執著與欺瞞！」

第十三章 決戰 人界曆三八〇年五月

1

——哦哦，真敢說耶。

我一邊聽著愛麗絲光明正大的宣言，一邊在心中呢喃著有些輕佻的感想。

因為不這麼做的話，我實在沒辦法承受那像是要把人凍住的壓力，整個人幾乎就要往後退了。

剛剛才到達的中央聖堂第一百層，是直徑大約四十公尺左右的圓形大房間。房間中央則放了一張巨大圓床，那似乎就是唯一的家具了。

另外還有一名一絲不掛的絕世美少女佇立在床上。

她當然就是公理教會的——也就是人界的絕對支配者，最高司祭亞多米尼史特蕾達了。但她光是站在那裡，就散發出一股壓倒性的存在感，讓我一瞬間就忘了這裡是名為Underworld的假想世界，而包含她在內的居民都是保管在人造媒體的ＡＩ，也就是「人工搖光」。

不對。在親眼目睹她漂亮的銀髮，以及鏡子般銀色眼睛之前，也就是踏上從第九十九層移動到這個房間的升降盤時，我的雙手就已經流滿手汗，背部也因為強烈的恐懼感而起了雞皮疙瘩。

因為升降盤正上方那個黑暗洞穴後面，飄散著一股比過去踏入浮遊城艾恩葛朗特頭目房間時還要冰冷與濃厚的「死亡氣息」。

活生生的我，這裡指的不是上級修劍士桐人而是現實世界裡的桐谷和人，就算在地底世界失去所有天命，也不會死在Soul translator裡面。但是，名為最高司祭亞多米尼史特蕾達的少女，卻有能力能讓我嘗到超越真正死亡的痛苦。

沒錯，賢者卡迪娜爾不就說過了嗎？她說亞多米尼史特蕾達雖然不受自己制定的禁忌目錄約束，但還是因為幼時被賦予的禁忌概念而無法犯下殺人罪。

但正因為這個限制，最高司祭才有可能在地底世界裡給予我超越死亡（登出）的恐怖痛苦——比如說跟元老們一樣，永遠像機械般被連結在管子上。

但話又說回來了——

我知道各種事情後所產生的恐懼，當然還是無法超越愛麗絲與尤吉歐所遭遇的對待。

雖然尤吉歐的「敬神模組（Piety module）」好像已經被亞多米尼史特蕾達取出來，但愛麗絲的搖光裡還埋著那個東西。我實在無法想像，像這樣和絕對的支配者對峙究竟要承受多麼巨大的恐懼。

但在這種情況下，黃金騎士還是毅然挺起胸膛，以清晰的聲音繼續宣告：

「我們最終的使命並不是為了守護公理教會！而是為了讓幾萬名沒有作戰能力的平民能夠安居樂業與安然過完一生！但是最高司祭大人，您的行為卻只會破壞人界人民的安寧！」

愛麗絲往前走了一步，她的金色頭髮像是被信念之光照耀一樣更加明亮了。她清澈的聲音撕裂並擊退了籠罩在大房間裡的沉重冷空氣。

但是佇立在稍遠處的支配者完全沒有因為愛麗絲直截了當的諫言而生氣，反而像是感到很有興趣般微微揚起兩邊的嘴角。

結果是不知道為什麼鑽到床底下的元老長裘迪魯金，代替她以刺激鼓膜的尖銳聲大叫：

「給……給我……給我閉嘴————！」

他從下垂的床單底下衝出來後，往前滾了一會兒才站起來。雖然因為這樣的動作而頭昏腦脹，但晃了一會兒後還是站穩腳步，然後在我們與最高司祭中間全力挺起矮小的身軀。

紅藍色小丑服早已破爛不堪，再次填充的毒氣瓦斯之所以會漏掉，則是因為愛麗絲在第九十九層裡發動金木樨之劍的武裝完全支配術時，他也被波及的緣故。

愛麗絲是為了破解尤吉歐離開前發動的冰獄，才會使出把劍身分裂成數百片小刀刃，並利用它們吹起黃金花朵風暴的驚人招式，但一看見從上層降下來後就一邊怪笑一邊到處亂跳的裘迪魯金，愛麗絲立刻就毫不留情地把他捲進風暴當中。

結果裘迪魯金腳底抹油的速度依然相當快，即使衣服全被撕裂，依然在沒有受到什麼重傷的情況下逃離現場，但來到最上層後已經無路可逃了。

現在可能是身後站著亞多米尼史特蕾達的關係吧，只見狐假虎威的裘迪魯金將雙手高高舉起，然後猛然用兩根食指指對著愛麗絲。

「這個半毀的臭騎士人偶——！使命？保護？真是笑死人了，哦——呵呵呵呵——！」

當他一邊發出尖銳的笑聲一邊轉了一圈時，破爛的小丑服也跟著飄了起來，露出下方紅色與藍色的直條紋內褲。他雙手扠腰，接著換成用左腳腳尖對準愛麗絲繼續大叫：

「你們這些騎士！說起來只不過是按照我命令行動的人偶喲！要你們給我舔腳你們就得舔，要你們給我當馬你們就得照辦！這就是你們這些整合騎士最應該感謝的使命啦——！」

他說到這裡身體失去平衡，整顆巨大的頭幾乎要向後仰，但還是不停揮動雙手重新站穩。

「說起來呢！什麼騎士團崩壞根本是無稽之談啦——！目前無法使用的，就算包含一號二號這兩個爛貨在內也不到十個人吧！也就是說，我還有二十幾顆棋子可以用！就算妳一個人再怎麼大放厥詞，也沒辦法動搖教會的支配啦，知道了嗎金閃閃臭女孩！」

諷刺的是，小丑的低級謾罵似乎反而發揮了消除愛麗絲緊張的效果。恢復天生的冷靜與辛辣個性的騎士，輕輕甩一甩頭後隨即用冷冷的聲音回答：

「笨的人是你，你這個稻草人。我看你那顆圓滾滾的頭裡裝的不是大腦，而是麥稈和破布吧？」

「什……什麼——！」

裘迪魯金原本就染紅的頭因為血氣上升而開始發紫，在他繼續大叫之前，愛麗絲已經流暢地繼續說道：

「剩下來的二十名騎士當中，有十個人因為最高祭司大人所說的『重置』……也就是藉由術式的記憶調整而無法行動對吧。然後剩下來的十個人現在正乘坐飛龍在盡頭山脈戰鬥，所以根本不可能把他們叫回來。因為一這麼做的話，黑暗領域的軍隊就會從貫穿山脈北方、西方、南方的洞窟以及『東側大門』湧至人界，公理教會的支配也會就此崩壞。」

「咕……唔咕咕……」

這時低吼的裘迪魯金的臉色已經由紫轉黑，而愛麗絲則是丟出給他致命一擊的一段話。

「不對——應該說已經崩壞了。十名騎士和他們的飛龍都不可能永遠戰鬥下去。但是，中央聖堂裡已經沒有任何可以換班的騎士了。還是說裘迪魯金你要親赴黑暗領域，去和以剛勇著稱的黑暗騎士們一戰呢？」

這樣的指責讓站在愛麗絲身後的我忍不住微微低下頭去。因為將諸位換班的騎士，也就是艾爾多利耶、迪索爾巴德以及「四旋劍」等人送進醫院的人就是我和尤吉歐。

但在我把視線往下方移去前，裘迪魯金頭部的內壓就已經先超過極限了。

「呣哦哦哦哦哦哦哦！跟……跟……跟我耍嘴皮子————！妳這臭小鬼以為這樣就贏了嗎————！」

像蒸汽一樣把氣息從鼻孔裡噴出去後，小丑便不停跺腳。

「竟然敢對我如此無禮，我一定要好好處罰妳！等重置好之後，一定要把妳送到山脈那裡三年————！不對，在那之前要先當我的玩具，然後聽我的命令做各種事情————！」

元老長接著立刻開始以尖銳的聲音叫喚預定要讓愛麗絲做什麼事情，但後方的亞多米尼史特蕾達只說了短短一句話就讓他閉嘴了。

「……哦？」

裘迪魯金臉色瞬間恢復蒼白並且以立正的姿勢保持沉默，但最高司祭卻完全無視他的存在，只是看向愛麗絲並微微歪著頭說：

「果然不是邏輯閘出問題。而且敬神模組（Piety module）也還有效果……這樣的話，是以自己的意志解除了那個人設置的『Code８７１』嗎……？不是因為突發性的感情……？」

——她到底在說什麼？那個人……？Code８７１……？

無法領會亞多米尼史特蕾達所說的話，讓我忍不住繃起臉來。

銀髮少女接著就不再透露情報，一邊用右手把披在肩膀上的頭髮掃到身後，一邊轉變了語調開口說道：

「嗯，不進行詳細的解析是不會知道了。那麼……裘迪魯金。因為我心胸相當寬大，所以還是給評價已經降到最低的你一個平反的機會吧。用你的神聖術把那三個人凍結起來。至於天命嘛，嗯……就減到剩下兩成好了。」

話剛說完，她就輕輕揮動一下右手的食指。

下一刻，放置在最高司祭腳邊的巨大床鋪便隨著沉重的聲響轉動了起來，這種景象讓我忍不住瞪大了眼睛。

附有天篷的床鋪直徑應該有十公尺左右，這時它就像一顆巨大的螺絲般沉到地板裡面去。在附近挺起胸膛的元老長裘迪魯金吆喝了一聲後便往後飛退。

當床鋪完全消失在地板裡，持續下降的天篷也一邊轉動一邊嵌進地板表面後，該處就只剩下畫在絨毯上的圓形圖案了。遲了一會兒後最高司祭也無聲地降到地板上。

忽然動念的我立刻低頭看著腳下，結果把我和愛麗絲運上來的升降盤與地板的境界線也畫著類似的圖形。認為這房間的地板似乎到處都有這種浮出或者下沉機關的我稍微環視了一下周圍，但再來就只有遠方牆壁邊存在一個類似的小圖案而已。目前還無法推測出那裡會出現什麼東西。

床鋪消失後的最上層讓人感覺異常寬敞。

圓弧形壁面全是完全沒有髒汙的玻璃，圓頂天花板則是由黃金柱所支撐。而且天花板上還有題材取自創世紀的精細繪畫，此外鑲在各處的水晶還像星星一樣閃爍著。

令人有點意外的是，所有柱子上都附有以劍為原型的黃金物體。小的大概有一公尺，最大的至少有三公尺左右，而且劍柄的部分還相當短，所以應該不可能把這些劍從柱子上扯下來當成武器來揮動才對。何況劍刃部分看起來也不怎麼銳利。

總之這座中央聖堂的第一百層可以說沒有任何掩蔽物，所以是最不適合與神聖術師對戰的空間。首先做出這種判斷的我，認為要在裘迪魯金詠唱術式前先往前衝才行，於是把重心移到右腳上。

但在我展開實際行動之前，眼前的愛麗絲輕輕搖了搖頭。

「隨便衝出去太危險了。最高司祭大人應該有只要手一碰就能活捉我們的術式。之所以讓裘迪魯金先發動攻擊，一定就是準備趁隙接觸我們。」

「聽妳這麼一說……」

之前一直保持沉默的尤吉歐以緊繃的聲音呢喃著：

「我也感覺最高司祭明明可以殺了我但是卻沒這麼做。而且元老長在把貝爾庫利先生變成石頭時也特別騎到他身上……不對，應該說直接碰到他了。」

「原來如此，是『對象接觸原則』嗎？」

我也一邊點頭一邊低聲這麼說道。投射型攻擊術，也就是除了以火焰或冰刃進行攻擊之外，如果想用術式影響他人的話，原則上是要用手——可能腳也可以——接觸到對方。這是連學院初等練士都相當清楚的神聖術基本規則。

也就是說，只要不直接和裘迪魯金以及亞多米尼史特蕾達接觸的話，就不用擔心被那個恐怖的石化術攻擊了。但這同時也表示，我們也沒辦法用劍攻擊到他們。

如此一來，狀況果然是對我們不利。我和尤吉歐在神聖術的修為上遠不及愛麗絲，一旦發展成以遠距離的術式互相攻擊，很有可能三打一還是會輸給擁有元老長地位的裘迪魯金。

當我咬緊嘴唇陷入沉思時，尤吉歐似乎繼續想對我說些什麼。

「另外……最高司祭全身都……」

但這個時候坐在地板上的裘迪魯金像是彈簧一樣迅速跳了起來。

「呵呵呵哦！」

面對急忙擺出備戰姿勢的我們，他忽然發出與之前完全不同的下流笑聲，然後對身後的支配者諂媚地說：

「……猊下其實只要用一根小指，就能壓碎那三隻臭蟲了，但是卻特別賜給小生來享受，猊下實在是太寬宏大量了！小生快哭了！眼淚快流下來了！呵嗚、呵嗚嗚……」

結果裘迪魯金果然從眼角流下大量黏稠的淚水，看見他那種模樣，我頓時啞口無言。

亞多米尼史特蕾達似乎也懶得再搭理他，只是冷冷丟下一句話後便往後退了五公尺左右。

「……嗯，你就隨便弄弄吧。」

「遵命——！小生就算豁出性命也要回報您的期待——————！」

袞迪魯金的太陽穴就像是有開關一樣，用雙手拇指一按後眼淚立刻停止，接著矮小的小丑便一邊獰笑一邊瞪著我們說：

「那麼那麼……我可不會讓你們那麼輕易說出對不起喲～在你們哭著跪在我面前之前，我會一點一點地刪除你們八成的天命，做好心理準備了嗎？」

「……我已經聽膩你的夢話了。剛才在樓下就說過，我會把你噁心骯髒的舌頭連根砍飛，快點攻過來吧。」

在舌戰上也不甘示弱的愛麗絲反擊後，便用右手握住愛劍的劍柄站穩腳步。

距離我們十五公尺遠的地方，袞迪魯金也擺出雙臂在胸前交叉的奇妙姿勢。

「嗯嗯嗯嗯嗯～饒不了妳了————！既然這麼想要我美麗的舌頭，那等到把妳凍成冰棒後，我就用它好好地舔妳吧！喝啊啊——！」

隨著叫聲高高跳起來的袞迪魯金在完成一圈半後空翻加一轉體的動作後，咚一聲落到地上。但落地的不是腳或手，而是他的頭頂。

「……………」

這副模樣讓我、尤吉歐以及愛麗絲都說不出話來。以元老長超大圓頭顱與細長身體的體格，整個人倒過來也許是比較穩定，但這種讓自己無法移動的行為究竟是想做什麼？

但是裘迪魯金本人卻是一臉認真地——由於上下相反，所以很難辨認表情——大大打開雙手雙腳，然後以尖銳的嗓音詠唱起神聖術的起句：

「System……call——！」

對此有所反應的愛麗絲立刻鏗鏘一聲拔出劍來，不知道如何對應的我與尤吉歐也跟著擺出備戰姿勢。

「Generate cryogenic element～！」

裘迪魯金以特別加強捲舌的發音叫喊著生成凍素的術式。

遠距離攻擊術大概都可以從最初生成的素因數量來預測出威力與規模，我為了不錯過出現在元老長手邊的光點而瞇起眼睛。

倒立的裘迪魯金「啪！」一聲拍了一下雙手，接著用力張開雙臂。他左右手的指尖上立刻隨著細微的振動聲產生藍色光粒——數量總共有十個。

「可惡，最大數量嗎！」

我雖然忍不住咒罵了一聲，但還不至於感到太意外。因為就連超級菜鳥的我，也只要集中精神就能夠用單手同時生成五個素因。除了亞多米尼史特蕾達之外，應該就是公理教會最強術師的裘迪魯金用雙手生成十個素因可以說是理所當然。

雖然愛麗絲沒有行動，但我卻往右邊移動一步，並且為了生成相反屬性的熱素而揚起左手。尤吉歐也跟我做出完全一樣的動作。只要我們兩個人各生成五個素因，說不定就能防禦裘迪魯金的凍素術了——

但就在我準備叫出起句的時候……

再次出現「啪！」一聲清脆的聲音。

那是倒立的裘迪魯金靈巧地拍動赤裸雙腳的聲音。接著他又用力張開雙腳，將它們伸到跟雙手同樣的直線上。雙腳的十根腳趾前端隨即發出降霜般的聲音並生成十個凍素。

左側的尤吉歐這時以沙啞的聲音低聲說了一句話，而我也跟他有同樣的感覺。

「……太誇張了吧……」

雙手雙腳的前端，合計保持了二十個藍色素因的裘迪魯金，上下顛倒的嘴巴浮現巨大的笑容。

「哦呵、哦呵呵呵呵……嚇到了吧，怕到了吧？你們可別把我當成一般的雜兵術師啊～」

地底世界裡的神聖術，簡單來說就是魔法，必須由聲音指令與術者的意念來加以控制。比如說使用治癒術時，如果對施術對象懷有敵意，那麼效果就會大減，相對地如果拚命祈求對方能夠痊癒，那麼就會產生比施術者權限還要大的治療效果。

操縱素因的攻擊術也是一樣。

光靠聲音指令，也就是術式並不足以讓生成的素因改變形狀發射出去。另外還需要與術者意識直接連結的意念導線。

這裡說的導線就是手指。必須從術式開始到結束都一直保持著一根手指連結著一個素因的意念。

也就是說，不論多麼高等的術者，一般都只能操縱雙手生成的十個素因。要突破這個限制，讓雙腳的手指也成為意念迴路的話，就必須想辦法浮在空中——或者像元老長裘迪魯金一樣，只用頭來保持倒立狀態。

「哦呵呵呵呵……！」

在尖銳的吼叫聲後，以超高速詠唱素因變形指令的裘迪魯金，首先將右臂對準呆立在現場的我們，隔了幾秒鐘後更迅速揮動左手。

「Discharge————！」

咻喀！

五根冰柱一邊撕裂空氣，一邊帶著旋渦狀寒氣朝我們發射。不久後又有五根追了上來。

即使想迴避，除了有高低差之外，還以雙重扇形擴展開來的冰槍攻擊可以說沒有死角。認為只能擊落似乎會擊中自己的冰柱後，我便用右手重新握緊愛劍的劍柄。但下一刻——

金黃色光芒就掩蓋了我的視界。

愛麗絲將出鞘的金木樨之劍橫掃出去，接著劍尖分裂成無數小劍刃飄散在空中。

雖然不是第一次看見愛麗絲的武裝完全支配術，但我和尤吉歐還是因為那淒絕的美麗模樣而屏住呼吸。

中央聖堂最上層的光線，就只有從南面玻璃窗照射進來的藍白色月光而已。但是黃金花瓣們卻牽引著像是自動發光般的黃色光軌，如同綿密的流星群一樣在空中飛翔。

「喝啊！」

愛麗絲隨著尖銳的叫聲揮落殘留在手中的劍柄。

與她的動作產生連動而飛過天際的花朵風暴直接包圍十根冰柱，接著傳出堅硬的刨削聲。就像把冰磚丟進高速旋轉的刨冰機一樣，裘迪魯金施放的冰槍馬上就變成無害的碎冰，接著融化在空氣中，只有神聖力空虛地散去。

「……唔……咕唔唔唔嗚嗚嗚嗚……」

看見滿懷自信施放的神聖術輕易就被無力化的裘迪魯金，開始用力摩擦起緊咬的上下排牙齒，同時發出悔恨的低吼。

「……可別以為用那種低等的磨菜板就能夠贏過我啊～！這招看妳怎麼應付！呵哦哦哦哦哦哦！」

往兩側傾倒並保持著十個素因的雙腳這時從左右兩邊猛然往上舉起。

一面劃出藍色平行線一面上升的凍素們，在天花板附近融合之後，產生了四角形的冰塊。

接著冰塊更隨著「喀滋、喀滋」的硬質震動聲逐漸巨大化，最後成長為一邊幾乎有兩公尺的立方體。但是變形並沒有就此結束，立方體的每一面都有凶惡銳利的尖刺突出來。

如果地底世界也是以現實世界的物理法則為基準，那麼上空的冰塊骰子重量應該有七噸以上。馬上判斷無論如何都不可能用劍擋下這種東西的我，在下意識中往後退了一步。

「呵嘻嘻……我第二強的術式怎麼樣啊～！來，準備被我壓扁吧————！」

倒立狀態的袞迪魯金把往正上方伸的雙腳往前倒。滿是尖刺的骰子立刻隨著巨響往下掉。

我和尤吉歐拚命往左右兩邊飛退。但騎士愛麗絲這次還是沒有移動腳步。直立不動的她只是看著要將自己壓扁的巨大物體——

「喝……啊啊啊啊啊————！」

她一邊發出至今為止的戰鬥中最為巨大凶猛的叫聲，一邊高高舉起握在右手的愛劍劍柄。

飄浮在周圍的黃金劍刃隨著「鏘嘰！」的輕脆金屬聲聚集起來，形成長約三公尺左右的圓錐。表面排著無數逆鱗的巨大鑽頭，一面發出低沉的旋轉聲，一面迎擊落下的冰骰子。

兩個物體接觸的瞬間，發出了震天的聲響與炫目的閃光，讓整個房間產生劇烈晃動。

「咕姆嗚呵哦哦哦哦……壓……壓……壓扁他們……啊啊啊啊！」

「…………花朵們……粉碎它吧……！」

元老長和整合騎士極美與極醜的臉孔都扭曲了起來，各自發出竭盡全力的聲音。

這樣的大技互相衝突的情況下，除了數值上的優先度之外，意志力與想像力的優劣將是決定勝負的最大要素。

藍色冰塊與黃金鑽頭隔著白熱化的接觸點抗衡了幾秒鐘的時間，不久後開始互相逼近。在綻放出來的閃光與刺激耳朵的破壞聲影響之下，讓人無法判斷究竟是立方體的重量壓垮圓錐，還是鑽頭的旋轉開始穿透方塊。

到了兩個物體幾乎重疊的時候，才看得出究竟誰勝誰負。

「嗶嘰！」一聲尖銳的碎裂聲響起，整塊冰塊立方體出現白色裂痕。

下一刻，幾乎有一間小屋那麼大的冰塊就灑出龐大的碎片爆散開來。周圍的空間瞬時染成白色，而我則是用左臂抵擋著湧過來的寒氣波動。

「呀啊啊？」

驚訝的悲鳴是來自於元老長裘迪魯金。

依然保持倒立的他，棒狀的四肢開始發起抖來。

「怎……怎麼可能……猊……猊下教給我的超絕美麗究極帥氣術式竟然會……」

雖然輕蔑的笑容終於從裘迪魯金有毒般的鮮紅嘴唇上消失，但成功粉碎大冰塊的愛麗絲也不是毫髮無傷。右手一揮就把形成圓錐的小型劍刃恢復成長劍模樣的騎士雖然身體開始搖晃，但最後還是豪氣地站穩了腳步。看來身體應該是捱了幾記在極近距離飛散開來的冰塊吧。

「愛麗絲……！」

愛麗絲以左手制止準備衝過去的我，接著又把劍尖對準遠方的袞迪魯金。

「袞迪魯金，你沒有信念的招式就跟你自己一樣，不過是虛有其表的紙氣球罷了！」

「什……什、什、什麼……」

愛麗絲足以媲美斬擊的舌鋒，終於讓袞迪魯金停止粗鄙的謾罵。他扭曲到極限的圓臉產生劇烈的痙攣，黏稠的汗水如瀑布般逆流。

這個時候——

之前一直在大房間後方注視戰局的最高司祭亞多米尼史特蕾達，像是感到很無聊般開口表示：

「袞迪魯金，你不論經過多少年都是這麼笨耶。」

下一個瞬間，元老長的雙手雙腳立刻縮了起來。

相對於像個孩子般縮起身體的袞迪魯金，最高司祭則以優美的動作傾斜身體，簡直就像有透明的沙發存在般在空中躺下來。以這個姿勢輕輕浮上空中後，她又交疊纖細的腳繼續說道：

「愛麗絲小妹的金木樨之劍，即使在現存的神聖物體裡也擁有最大等級的物理優先度，而且那個女孩也對這個事實深信不疑。而你竟然還對這樣的對手使用物理系攻擊，你連神聖術的基本也忘了嗎？」

「哈……呵呵呵咿……」

發出尖銳聲響的裘迪魯金忽然從雙眼流出大量淚水。由於是倒立狀態，因此大顆的水滴就這樣不停順著額頭流下，最後在與頭頂接面的絨毯上造成水漬。

「哦呵哦哦……真是太可貴、太感謝、太惶恐了！猊下竟然親自給予小生指導……！小的裘迪魯金一定會回應猊下的深厚愛護啊啊啊啊啊啊！」

亞多米尼史特蕾達的聲音似乎對裘迪魯金發揮出比治癒術更強力的效果。剛才還充滿驚愕情緒的元老長一瞬間就恢復過來，以他自認為充滿氣魄的詭異表情緊瞪著愛麗絲。

「三十號！妳剛才說我是虛有其表的紙氣球對吧！」

「……難道不是嗎？」

「不是———！不是不是當然不是了！」

裘迪魯金的雙眼——看起來像啪一聲燃起了火焰一般。

「我也有自己的信念！那就是愛！我對尊貴美麗的最高司祭猊下最真誠的愛——！」

雖然是除了此時、此地之外，無論在什麼狀況下聽見都會覺得是用三腳貓演技說出的台詞，但現在這一刻卻帶著某種悲壯感，清晰地傳遍了整個房間。即使說出這種話的人，是一名以巨大頭顱倒立的半裸小丑男也是一樣。

裘迪魯金以燃燒起來般的眼睛凝視著愛麗絲，接著一邊用力張開雙手雙腳，一邊擠出尖銳的聲音對身後的亞多米尼史特蕾達說：

「最……最最……最高司祭猊下！」

「什麼事啊，裘迪魯金？」

「小生，元老長裘迪魯金在侍奉猊下如此漫長的歲月後，首次厚著臉皮提出一個不情之請！小生接下來將賭上性命來殲滅這些反叛者！而當小生成功之時，希……希望能夠親手觸碰猊下的千金之軀並親吻之，然……然……然後再請猊下與小生共度一宿，還……還請猊下答應小生的請求吧——————！」

——竟然對人界的最高支配者做出如此露骨的請求。

但可以確定的是，他大叫出來的內容應該是來自於裘迪魯金這個男人靈魂深處最真誠的感情。

聽見這超越悲壯而帶著英雄感的獨白後，我、尤吉歐以及愛麗絲頓時無法動彈，而且也說不出任何話來。

另一方面，飄浮在大房間後方聽著裘迪魯金願望的最高司祭亞多米尼史特蕾達則——

像是覺得非常可笑般，揚起了珍珠色的嘴唇。

能反射所有光線的鏡子眼睛裡出現了侮蔑與嘲弄的感情。亞多米尼史特蕾達用右手遮住嘴角，以跟表情完全相反的慈愛聲音低聲說道：

「……好吧，裘迪魯金。」

「我對創世神史提西亞發誓。等你完成任務時，我就把整個身子許給你一個晚上吧。」

身為渾身充滿謊言與虛偽的現實世界人類，我馬上就知道她所說的全是謊言。

這個世界的人類，可能是因為人工搖光構造上的要素而無法違逆比自己高等的法律或規則。這裡說的法律，包含了村鎮當地的規範、帝國基本法、禁忌目錄以及主動對神明立下的誓言。

在支配架構裡的地位越高，受到的法律規範也就越少，這個原則就連最高等級的管理者卡迪娜爾與亞多米尼史特蕾達也適用。幼年時期，父母給予她們的行動規範目前仍有效果，所以卡迪娜爾無法把茶杯放在桌上，而亞多米尼史特蕾達則是無法殺人。

但是現在亞多米尼史特蕾達已經在我面前證實了，就算主動對神明立下誓言也沒辦法束縛她。這也就表示，她對成為公理教會權威源頭的創世神史提西亞、陽神索魯斯、地神提拉利亞等三女神可以說完全沒有信仰之心。

但是裘迪魯金當然無法看穿主人的謊言。

聽見亞多米尼史特蕾達強忍住嘲笑之意的發言後，裘迪魯金的雙眼再度湧出斗大的淚水。

「哦哦……哦哦……小生現在正被至高無上的歡喜所包圍……小生……小生已經

是充滿鬥志、精力充沛，甚至可以斷言已經是無敵了——————！」

咻一聲之後眼淚立刻蒸發——

裘迪魯金全身忽然被宛如火焰的紅光包圍。

「System！call——！Generate～！thermal～～element——————！」

他的雙手雙腳迅速劃過半空中，連指尖都完全張開的四肢上帶著幾道熾熱的光點。連站在愛麗絲身後的我，都能感覺到這就是元老長裘迪魯金最強且最後的攻擊了。

跟剛才的凍素相同，發出宛如紅寶石般亮光的熱素總共有二十個。

倒立狀態的裘迪魯金，雙腳已經從支撐身體的任務當中獲得解放。話雖如此，沒有經過一番修練，是不可能想像出十根腳趾各自獨立的感覺。

雖然注意力總是會被他特異的外表與人格吸引過去，但跟老牌整合騎士們一樣——甚至比他們還要經驗老道的元老長裘迪魯金，其實也是個相當恐怖的強敵。

可能是感覺到我的戰慄了吧，裘迪魯金的雙眼像是已經獲勝般瞇了起來，接著更瞪大到極限。他小小的瞳孔裡綻放出鮮紅光芒，我的恐懼也隨之變成驚愕。難道是跟熱血男主角一樣，眼睛裡燃燒起鬥志的火焰了？原本這麼想的我馬上就發現不是這樣。

在裘迪魯金雙眼前燃燒的火光是大型的熱素。他以自己的雙眼做為輸出裝置，生成了第二十一與二十二個素因。

射出前的素因本身，多少也會散發出所屬屬性的神聖力。在手指前端幾公分處叫出熱素的話，可能多少會感覺到有點燙，但在極為靠近眼球的地方維持那麼大的素因，不可能完全沒事。所以立刻可以看見他雙眼附近的皮膚都發出咻咻聲開始燒焦了。

但是元老長卻像完全感覺不到熱度與痛楚一樣。他的眼窩發黑，從異相變為凶相的整張臉露出燦爛笑容後，接著以更加尖銳的聲音大叫：

「讓你們看看————我最大最強的神聖術————……！出來吧魔人！把這些反叛者燒得一乾二淨！」

暫時往內縮的雙手雙腳，忽然以眼睛看不清楚的高速揮動。發射出來的二十個素因沒有馬上變形，先是在空中劃出五條平行線，接著以猛烈的速度在裘迪魯金和我們之間的空間飛繞。

我只能呆呆看著閃亮的紅色軌跡瞬時勾勒出一個巨人的外形。

巨人有著短短的腳、膨脹的肚子、顯得特別長的手臂，還有長出好幾根角且戴著帽子的頭部。這個巨人小丑，簡直就像從衣服裡噴出煙幕之前的裘迪魯金直接被放大了好幾倍一樣。眾多素因在製造出身高五公尺且燃燒熾烈火焰的小丑後，隨即變成點綴小丑服的深紅色橫條紋。

必須抬頭才能看見的小丑臉龐不但變成裘迪魯金的面孔，看起來還比本人殘酷了好幾倍。從厚厚嘴唇縫隙中不時可以看見火焰舌頭，而且明明是燃燒著火焰的巨人，卻從上揚的細長眼睛所形成的龜裂處散發出足以令人結凍的寒氣。

一邊揮動雙手雙腳一邊以熱素組成小丑的袞迪魯金，最後啪一聲迅速閉上同樣產生了兩個素因的雙眼。結果熱素立刻轉移，小丑的黑暗眼窩裡出現了燃燒鮮紅火焰的瞳孔。

巨大小丑像是獲得了袞迪魯金本人的靈魂一樣，以充滿殺意的眼睛俯視著我們。它緩緩抬起穿著尖頭靴子的右腳，踩了一下身前的地板。隨即有大量火焰隨著沉重聲響從巨人腳邊冒出，周圍的空氣也因為熱氣而開始搖晃。

這時我和尤吉歐根本說不出任何話，只能呆呆站在那裡，但聽見前方愛麗絲所發出的呢喃後，便急忙重新握住長劍。

「……我也不知道那傢伙竟然能使用這種神聖術。」

即使在這種情況下，愛麗絲的發言也顯得相當堅定，但可能是內心多少有些動搖吧，可以聽出語尾稍微有點沙啞。

「看來是太小看袞迪魯金了。很遺憾的，我的花朵無法破壞那個沒有實體的巨人。即使全力防禦也撐不了多久。」

「……也就是說，我和尤吉歐只能趁這段期間攻擊袞迪魯金本人了……」

我以更加沙啞的聲音低聲說完後，愛麗絲立刻做出指示：

「沒錯。我盡力的話應該可以撐個十秒。桐人、尤吉歐，在這段時間裡請解決掉袞迪魯金。但不能接近到劍能砍到他的距離。因為最高司祭大人就是在等這個機會。」

「十……」

「……秒。」

我和尤吉歐同時發出低吟並看著對方的臉。

在第九十九層裡交手時，以宛若冰霜般的冷靜讓我陷入苦戰的尤吉歐，騎士化消除之後似乎就再次擁有感情了。即使是在這種情況之下，看見浮現在伙伴臉上的恐懼與狼狽表情，還是讓我感到有點高興，但我同時也絞盡腦汁拚命思考。

如果愛麗絲說的是自己在應付火焰小丑時，你們就衝過去攻擊，那事情就簡單多了。在舊艾恩葛朗特參加魔王攻略時，本來就經常執行這樣的任務，而且操縱小丑的裘迪魯金應該是毫無防備。

但是不能保證亞多米尼史特蕾達會放過往前衝的我們，因此必須在保持距離的情況下攻擊裘迪魯金。而身為劍士的我與尤吉歐，就只擁有兩種遠距離攻擊的手段。

其中一種是我們也使用神聖術。但我和尤吉歐能使用的術式，等級應該不足以穿透裘迪魯金這種高等術者的防禦並削減他的天命。

另一種方法就是，祕藏的必殺技——也就是武裝完全支配術，但這也有問題。要發動它的話，就必須詠唱卡迪娜爾編纂的一長串術式。十秒鐘的時間怎麼想都來不及。雖然整合騎士化的尤吉歐不用詠唱也能使用完全支配術，但他現在已經辦不到同樣的事情了吧。至於我就更不用說了。

「…………」

像是要嘲笑咬緊嘴唇的我一樣，熾烈燃燒著的小丑開始晃動巨大身軀緩緩前進。雖然動作絕對稱不上敏捷，但尺寸相當大的它光是一步就能縮短一公尺以上的距離。

當肌膚已經能夠感受到火焰小丑放射出來的熱氣時，愛麗絲終於有所行動。

她將右手握住的金木樨之劍高舉到頭上。往後伸直的左臂以及大大往前後張開的雙腳則是像弓弦般緊繃了起來。

突然間，從愛麗絲腳邊湧起一陣宛如龍捲風的突風，讓她的白色長裙與金髮產生劇烈晃動。金木樨之劍的劍身分離成數百朵包裹著黃金光芒的花瓣，排成一列後開始在空中飛翔。

「———旋轉吧，花朵們！」

讓人無法相信是從她瘦小身軀裡發出的巨大喊聲使得空氣產生震動。

同時所有黃金花瓣都以無法辨認個別身影的超快速度開始旋轉，然後瞬時成長為巨大龍捲風。

方才粉碎冰立方體時，是凝聚起來形成前端尖銳的圓錐形，但這次完全相反。漏斗狀的龍捲風從愛麗絲手邊往斜上方擴散，前端的直徑應該將近有五公尺吧。

周圍的空氣都被黃金暴風捲進去，不規則的狂風使得我和尤吉歐的身體搖晃了起來。

看起來像是要撲過來的火焰小丑，在帶著滿臉笑容的情況下高高跳到天花板附近，然後毫不畏懼地朝愛麗絲的龍捲風當中落下。

「咚啪啊啊啊！」宛若熔爐正熾烈燃燒著的轟然巨響將除此之外的其他聲音全蓋了過去。黃金龍捲風幾乎是垂直往上升，在中央的火焰小丑雙腳已經被吞沒。被高速旋轉的劍刃撕裂的火焰像是巨大的煙火一樣呈放射狀飛散，在空氣中燃燒。

但是小丑還是維持著巨大的身軀，臉上依然帶著擴張到臉龐兩邊的笑容，慢慢、慢慢地準備踩爛龍捲風。在正下方撐著的愛麗絲，雙腳開始微微抖動，稍微可以看到一點的側臉則已經露出極為猙獰的表情。

形成龍捲風的花瓣們，像是無法承受小丑的熱量般越來越火熱。即使在這個瞬間，金木樨之劍以及握著它的愛麗絲，天命都以確實的速度持續減少。

剩餘時間——八秒。

不可能以神聖術擊敗裘迪魯金。也沒時間詠唱完全支配術。我唯一可以選擇的方法，就只有手裡的黑劍與身體最為熟悉的劍技了。

在地底世界度過的兩年裡，我為了教導尤吉歐「艾恩葛朗特流」而重新修練過許多劍技。在這個過程中，我發現在這個世界裡的劍技，有時候發揮出的力量遠遠超過劍技原出處的ＳＡ

O世界。

這是因為地底世界裡，行動帶來的結果有很大的部分不是藉由系統演算，而是依據行動者的意志力、想像力來決定。而長期守護我的小蜘蛛夏洛特與騎士愛麗絲則把這種力量稱為「心念」。

也就是說，在舊艾恩葛朗特受到系統嚴密規定的劍技威力與射程——在這個世界裡，說不定能以心念的力量來加以擴張。

但是反過來說，恐懼、膽怯或者猶豫等負面想像也可能讓劍技弱化。

我心裡一直有一個強烈的想法，就是遠離、忘記舊SAO時代的自己——也就是被賦予「黑色劍士」與「二刀流」這些外號的桐人。

連我自己都無法詳細分析這種感情的源頭。不願意被當成英雄，或者對無法救助的人與被自己所殺的人感到內疚，這些感情似乎都是原因，但又好像都不是。

只不過，有一件事情是我唯一可以確認的，那就是不論我再怎麼厭惡，「黑色劍士桐人」都是我的一部分，也形成現在的我並給予我力量。

沒錯，在那個世界裡戰鬥的「他」——不對，應該說「我」也存在於這個世界。

剩下七秒。

我的臉頰一邊感覺到逐漸踏破愛麗絲龍捲風的巨人所散發的熱氣，身體一邊大大往右側退，然後沉下腰部。

接著將右手的黑劍舉到肩膀的高度，等完全呈現水平後，再用力往後拉。

左手則是放在劍尖，感覺就像是投石機一樣。

到目前為止，我都沒使用過這招劍技，甚至也沒教給尤吉歐或者試著重現過。理由我自己相當清楚，因為這正是「黑色劍士」最拿手，也使用過最多次的劍技。幾乎可以說是黑色劍士的象徵。

在略顯透明的黑色劍身延長線前方十五公尺處，可以看見元老長裘迪魯金倒立的身影。雖然眼眶四周燒焦的眼睛依然緊閉著，但可以確定的是，不知道用了什麼法術的他，視線已經跟火焰小丑共有了。也就是說，他應該注意到我的動作了才對。

只有一次攻擊的機會，絕對不能讓他防禦或者閃躲。但從這個限制來看，十五公尺的距離實在太遠了。雖然說只用頭頂支撐身體的裘迪魯金應該不可能快速移動，但我已經見識過許多次那個小丑男在生死關頭逃命的實力了。就算只有零點二五秒也沒關係，必須讓裘迪魯金把注意力從我身上移開才行。

剩下六秒，我對伙伴呢喃著濃縮到極限的一句話：

「眼睛交給你。」

「了解了。」

迅速的回答讓我稍微瞄了尤吉歐一眼，但他的右手上不知道什麼時候已經握著發出藍光的冰箭。雖然不是很大，但從刺眼的光芒就能知道具有相當高的優先度。連在他身邊的我都沒注意到，他已經把剛才愛麗絲與袞迪魯金對戰後所飄散的寒氣神聖力變成素因了。

剩下五秒。隨著尤吉歐雙手做出拉緊透明大弓的動作，弦上的冰箭也開始發出藍色閃光。

「Discharge！」

隨著簡短指令發射出去的冰箭並不是筆直朝袞迪魯金飛去。

在尤吉歐的左手引導下，冰箭首先繞往火焰小丑右邊，然後才一邊劃出相當大的弧形一邊朝左上方飛去。發出強烈光芒的冰箭所劃出的藍色軌跡，與被火焰染紅的大房間形成強烈對比。小丑燃燒的眼睛也隨著冰箭移動。

剩下四秒。冰箭到達大房間天花板的瞬間，尤吉歐便緊握左手。在這個動作操縱下，冰箭立刻以比之前快一倍的速度一直線下降。其銳利的箭鏃所瞄準的——

並不是元老長袞迪魯金。

而是輕鬆躺在那傢伙遙遠身後的最高司祭亞多米尼史特蕾達。

剩下三秒。

即使看見尤吉歐使出渾身解數讓其緊急下降的冰箭，少女也完全沒有露出慌張的模樣。她只是用不耐煩的表情往上瞧了一眼，接著噘起珍珠色嘴唇輕輕朝冰箭吹了一口氣。

光是這樣，距離最高司祭還有一公尺以上的冰箭就輕易被粉碎了。

但是尤吉歐真正要攻擊的不是亞多米尼史特蕾達本人——而是裘迪魯金投注在她身上的異常執著心。

看見冰箭飛到自己身後的瞬間，裘迪魯金的本體立刻張開雙眼，頭與身體一邊向後轉一邊大叫：

「猊下，請務必小心啊——！」

剩下兩秒。

在聽見裘迪魯金的尖叫前，我的身體就開始行動了。

將劍舉到肩膀高度的右臂往後拉到極限。檢查出初期動作後，劍身便出現血一般的紅光。系統輔助開始推動我的身體。同一時間，整個往前後張開的雙腳也用力往地板踢去。我隨即把加速變成旋轉力，然後經由背部傳到右肩。接著再把旋轉變成直線運動，最後將與右臂一體化的黑劍刺出去。

劍隨著噴射引擎般的金屬質巨響，以及比火焰更加深沉的血紅色閃光一直線飛出。

這是單手直劍用單發技「奪命擊（Vorpal Strike）」。

舊SAO時代的我之所以喜歡使用這招劍技，是因為它具備一擊決定戰況的威力，而且還有單手直劍缺少的長遠射程。深紅光線特效貫穿空中的距離大約是劍身的兩倍，再加上伸到極限的右臂長度，有時候射程甚至可以凌駕於長槍之上。

但是我與攻擊目標元老長裘迪魯金之間卻有長達十五公尺的距離。通常的奪命擊絕對無法攻擊到他。

首次在地底世界使用這招劍技的我，必須以想像……以心念的力量把它的射程擴張到五倍以上。

這絕不是容易的事。

但我絕不認為是辦不到的事。

騎士愛麗絲因為相信我而讓自己與愛劍暴露在烈火當中，好友尤吉歐則為了讓我有使出這一擊的機會而擠出所有精神力與智慧來施放神聖術。

如果這時候不能回應他們兩個人的意志，我就沒有資格稱為劍士了。

沒錯，不論我有任何身分，我都依然是劍士桐人。

「嗚……喔喔喔喔喔——————！」

當我從身體深處迸發出用盡全力的吼叫時。

右手就被像憑空冒出來的黑色半指手套覆蓋。

然後是因為激戰而脫線的袖子上出現帶著光澤的黑色皮革，皮革接著又從手臂延伸到肩膀並且遍及身體。最後轉變成長大衣，打著鉚釘的衣襬則開始劇烈翻動。

包圍劍身的特效光線像是爆炸般增加強度。深紅色光芒原本擴散到足以掩蓋火焰小丑散發出來的朱紅色，但這時卻收縮在劍尖的一點上。

「喔喔喔！」

我隨著凶猛的吼叫聲解放全身的力量。

時間僅剩下一秒。

2

——這是什麼聲音？

在身邊炸裂的異質巨響讓尤吉歐瞪大了眼睛。

所有的祕奧義都會產生強烈的光線與聲音，但是這和之前任何技巧所發出來的聲音都不一樣。粗厚、沉重、堅硬、銳利，簡直就像是劍本身的怒吼——

巨響是來自於桐人右手上的黑劍。擁有黑水晶光輝的劍身一邊產生劇烈震動，一邊傳出刺進耳朵般的咆哮。而且不只是聲音而已。整把劍都包圍在深紅色光芒當中。

——是祕奧義，但自己從未見過這種招式。

尤吉歐屏住了呼吸。但是接下來出現的，才是真正令人驚訝的現象。

持劍的伙伴，全身忽然被炫目的光芒覆蓋，接著變化成跟之前完全不同的服裝。

桐人身上穿的，應該是經過多場激戰而有許多破損的黑色上衣以及同色的長褲。但是光波從右臂到身體，最後通過腳部時，就不知道從哪裡出現一件衣領相當高的黑色皮革長外套，而且長褲也變成緊身的皮革素材。

雖然是一眨眼間就發生的事，但異常現象並非就此結束。桐人的身體也出現規模比服裝小，但是卻不容忽視的變化。

首先，黑色頭髮稍微變長，有一半的側臉都被遮住了。

接著從劇烈搖晃的瀏海縫隙露出來的黑色眼睛，也綻放出過去從未見過的光芒。他的眼神甚至比在北方洞窟與哥布林集團戰鬥、砍飛萊歐斯·安提諾斯的手腕、跟迪索爾巴德與法那提歐對戰時都還要銳利。簡直就像桐人與劍融合，變成了銳利的劍刃一樣。

下一刻，從他外露的牙齒深處發出凶猛至極的吼叫聲。

「嗚……喔喔喔喔喔——————！」

劍所發出的金屬質咆哮與深紅光芒忽然變得更為強烈，緊接著就以幾乎看不見桐人右手的速度刺了出去。長大衣的衣襬就像魔物的翅膀般劇烈擺動。

這無疑是艾恩葛朗特流的祕奧義。

但是——竟然有如此猛烈的突刺技。雖然是與之前桐人教給自己的技巧完全不同，說起來應該比較像海伊·諾魯基亞流的單發大技，但已經完全削除傳統流派重視的樣式美，可以說是以貫穿敵人為唯一目的的一擊。

「…………………！」

尤吉歐屏著呼吸，死命以眼睛追蹤深紅光芒。

桐人瞄準的，當然是操縱火焰小丑的裘迪魯金。但是他距離敵人所在位置足足有十五梅爾。不論什麼樣的祕奧義，只要是劍技就不可能攻擊到裘迪魯金。

桐人使出突刺技的瞬間，裘迪魯金並沒有看著這邊。他的視線移向房間後方，短短幾秒鐘前尤吉歐發射的冰箭軌道上。

雖然是灌注了所有知識與靈感的術式，但還是不可能對亞多米尼史特蕾達造成傷害，被她輕輕一吹箭立刻就粉碎了。不過正如尤吉歐的預測，裘迪魯金沒有放過對支配者的攻擊而高聲提出警告，所以應該已經達成桐人分散他注意力的要求了。

可能是看見冰箭被輕鬆摧毀就安心了吧，依然倒立著的裘迪魯金把臉轉了回來。

下一個瞬間，他細長的眼睛立刻瞪得老大，而且裡頭還參雜了好幾種複雜的感情。

首先是對桐人正要往前突刺的劍所發出的轟然巨響與閃光感到驚訝。

接著是發現簡單的突刺技不可能攻擊到自己的安心。

最後則是看見發出金屬質巨響，並且不斷往前延伸的紅光劍刃後所感覺到的恐懼。

其實尤吉歐也跟他一樣驚訝到幾乎忘了呼吸。血紅色光芒越過在桐人前方抵擋火焰小丑的愛麗絲左側，一瞬間穿越十五梅爾的距離——

輕鬆地貫穿了倒立的裘迪魯金那如同棒子一樣細的身體中央。

光刃接著又延伸了將近兩公尺才分解成深紅色粒子飄散在空中。緊接著就是大量噴出的真

正血液。而噴出的源頭當然就是袞迪魯金胸口中央那個幾乎讓身體斷成兩截的巨大傷口了。

「哦呵哦哦哦哦哦哦嗚嗚嗚……………」

他隨即發出一長串像是消氣一般的無力聲音。

倒立的身體慢慢傾倒，最後啪嚓一聲倒在自己流出的血池當中。

如此瘦削的身體不知道從哪裡流出如此大量的血液，只見血流不止的袞迪魯金抬起顫抖的右手，朝著飄浮在空中的亞多米尼史特蕾達伸去。

「……我我……我的……猊……下………」

尤吉歐所在的位置無法看見發出這道細微聲音的男人臉上究竟是什麼表情，最後右手還是落在絨毯上發出水聲，接著元老長袞迪魯金就再也不動了。

同一時間，騎士愛麗絲頭上正要踩扁龍捲風的火焰小丑，圓滾滾的身體忽然變成大量白煙，接著掛著燦爛笑容的臉龐就融化在空中消失了。愛麗絲操縱的黃金小劍似乎因為敵人的消失而感到疑惑，只見它們慢慢降低速度，最後飄浮在空中。

突如其來的寂靜讓尤吉歐耳朵有種麻痺的感覺，這時他又靜靜地把視線移回右側。

桐人依然保持著腰部整個下沉，右臂伸直到極限的姿勢。

殘留在黑劍表面上的光芒瞬間消失，外套下襬最後飄動了一下後便垂了下來。尤吉歐只能屏住呼吸，看著外套從底部慢慢變得模糊，而伙伴也恢復成原本的模樣。

即使恢復成黑上衣與長褲的模樣，桐人還是一動也不動。他最後才緩緩放下右臂，用黑劍劍尖敲了一下絨毯。

尤吉歐這時也不知道該對依然低著頭的伙伴說些什麼才好。

連副騎士長法那提歐都想救助的桐人，就算敵人是那個元老長裘迪魯金，應該也不會對奪走他全部的天命感到高興。從恢復原來長度的瀏海下露出來的側臉，已經完全看不見攻擊的瞬間那種宛若冰霜般的冷酷表情了。

最後這持續了數秒鐘的沉默，是被小劍刃群變回愛麗絲的劍時發出的銳利金屬聲打破。從騎士背部感覺到緊張感的尤吉歐，隨即越過愛麗絲肩膀，再次看向大房間深處。

飄浮在空中的亞多米尼史特蕾達對著倒在地上的裘迪魯金伸出纖細的左手。

怎麼看裘迪魯金都已經喪生了，難道說她還準備使用治癒術嗎？還是說，最高司祭甚至可以恢復屍骸的天命呢——

當尤吉歐猛然吸了一口氣時。

最高司祭完全不帶任何情感的聲音緩緩傳了過來。

「只是收拾一下而已，因為實在太難看了。」

她隨便揮了一下左手，裘迪魯金的屍骸立刻就像紙娃娃一樣被輕輕吹走，最後撞上遙遠東側的窗戶才落在地板上捲成一團。

「……竟然做出這種事……」

看見最高司祭的所做所為，愛麗絲忍不住壓低聲音這麼說道。

雖然她現在是改變了人格的冷酷整合騎士，但尤吉歐也能夠理解她忍不住這麼說的心情。就算裘迪魯金是難以令人尊敬的人物，但至少也是為了主人奮力作戰而喪命。這樣的話，至少應該厚葬他的屍骨才對。

但是，亞多米尼史特蕾達卻連看都不看一眼裘迪魯金被丟出去的屍骸，甚至還像是把元老長的記憶完全消除了一樣，露出跟之前相同的謎樣笑容，然後開口說道：

「……嗯，雖然是場無聊的秀（Show），但還是多少得到了一些有用的資料（Data）。」

最高司祭以無垢的美聲自言自語時，還可以聽見其中交雜著神聖語。她接著又維持躺在透明椅子上的姿勢，在空中飄了五梅爾左右的距離來到圓形大房間中央。

亞多米尼史特蕾達一邊用指尖整理隨風飄揚的一搓銀髮，一邊瞇起發出七彩光芒的鏡子般眼睛，然後將充滿磁性的視線移向尤吉歐身邊——依然低著頭的桐人身上。

「非正規的小子。原本以為之所以沒辦法參照你詳細的屬性，是因為你是由非正規婚姻所產生的末登錄個體……不過看來不是。你是從那邊來的吧？你是『對面』的人類……對吧？」

尤吉歐完全無法了解她以呢喃般聲音丟出來的話。

——那邊？對面……？

黑髮的伙伴桐人是在兩年半前，以「貝庫達的肉票」這個身分出現在盧利特村南方森林。尤吉歐從村子裡的長老那裡聽說過偶爾會有這樣的人出現，但也只有孩提時期才真的相信，喜歡惡作劇的闇神貝庫達會從盡頭山脈另一側將長手臂伸過來，然後把人的記憶刪除。

人類會因為遇見太過痛苦、悲傷的事情而主動喪失記憶，有時甚至還會因此死亡。這樣告訴尤吉歐的，正是前任伐木手卡利塔爺爺。很久以前，他的太太因為遭遇水難而喪生，當時他就因為太過於難過而喪失了一半以上關於他太太的記憶。老人最後又表示這都是命運之神史提西亞的慈悲與懲罰，並露出了寂寞的笑容。

因此尤吉歐內心便一直推測桐人應該也是遇上了同樣的情形。他認為從頭髮與眼珠的顏色可以判斷出應該是出生於東域或南域的桐人，一定是在故鄉遇見了什麼痛苦又悲傷的事情，才會喪失記憶並且經過漫長的徘徊而來到盧利特森林。

因此在到央都的旅途中或者生活在學院裡的日子，尤吉歐都沒有向桐人詢問過往事。當然，也有一部分是因為害怕他恢復記憶後就會回到故鄉去了。

但是……

現在有力量看透人界所有事物的最高司祭，卻用了不可思議的話來形容桐人的出生地。對面。也就表示是盡頭山脈對面——屬於暗之國的黑暗領域嗎？桐人身世唯一的線索，連續劍技艾恩葛朗特流竟然是來自於暗之國的流派嗎？

不對，最高司祭對於黑暗領域應該也有豐富的知識才對。她手下的整合騎士們可以自由越過盡頭山脈，與眾多暗黑騎士交手。因此支配者亞多米尼史特蕾達不可能不知道黑暗領域是什麼樣的國家，而生活在那裡的又是什麼樣的人民才對。所以她沒有必要使用「對面」這種曖昧的名詞。

這也就是說——

亞多米尼史特蕾達這句話所指的，是連她也看不見的，整個世界的外側……？暗之國的對面……說不定是更加遙遠、更加不同的，應該稱為另一個世界的地方……？

對尤吉歐來說，這樣的概念實在太過抽象，甚至想不出有什麼話能確切表達出自己的想法。但他的直覺還是讓他知道，現在自己正在接近的某個重大事物，很有可能是關於整個世界的祕密。在滾燙的焦躁感襲擊下，尤吉歐移動視線，朝巨大窗戶外面的廣大夜空看去。

流轉的黑雲縫隙中，可以看見一整片星海。

那片天空的另一邊……桐人出生的國度就是在那裡嗎？那裡究竟是什麼樣的地方？而桐人本身已經取回相關的記憶了嗎……

這時黑髮的伙伴緩緩撐起身體，打破持續了幾秒鐘的寂靜。

「沒錯。」

桐人以簡短但沉重的一句話，肯定了最高司祭的問題。

尤吉歐隨著麻痺一般的衝擊凝視著伙伴的側臉，桐人果然已經恢復記憶了。

不對——說不定他從一開始就……？

桐人的眼睛一瞬間瞄了尤吉歐一眼。他黑色的眼珠裡浮現出好幾種感情，而尤吉歐認為當中最強烈的，應該就是透露出「相信我」這種懇求的光芒了。

接著桐人的視線立刻就移回前方的亞多米尼史特蕾達身上。表情相當嚴肅的桐人，這時也露出些許苦笑，然後輕輕張開雙手。

「……只不過，我擁有的權限等級和這個世界的人類完全相同，可以說跟妳差了十萬八千里啊，亞多米尼史特蕾達……不對，桂妮拉小姐。」

一被用這個聽起有點不可思議的名字稱呼，最高司祭美麗臉龐上的笑意就變淡了。

但下一個瞬間，亞多米尼史特蕾達珍珠色的嘴唇馬上露出比剛才更加燦爛的笑容。

「看來圖書館裡的小不點跟你講了不少無聊的事情嘛……然後呢？你這個沒有任何管理權限的小子，究竟是為了什麼而掉到我的世界來？」

「就算沒有權限，我還是知道一些事情。」

「哦～比如說？不過我對無聊的往事沒有興趣喲。」

「那未來的話題如何？」

桐人把雙手放在插在地板上的黑劍上，以這樣的姿勢來面對最高支配者。這時他的臉頰上再次出現緊繃的嚴肅表情，黑色眼睛也發出銳利光芒。

「桂妮拉小姐，妳在不久的將來就會毀了自己的世界。」

即使聽見這種衝擊性的發言，亞多米尼史特蕾達也只是露出更燦爛的笑容而已。

「……我嗎？不是你這個弄壞我許多可愛人偶的小子，而是我會消滅這個世界？」

「沒錯。因為妳最大的錯誤就是為了對抗黑暗領域的總攻擊而建構了整合騎士團……不對，應該說建構這個動作本身就是個錯誤了。」

「呵呵，呵呵呵呵……」

成為支配者以後應該是首次被人指責錯誤的最高司祭，像是忍住想放聲大笑的心情般把手指放在嘴唇上，而且肩膀也不停震動。

「呵呵呵，聽起來就很像是那個小不點會說的話。那種外形竟然還能籠絡男性，那個小不點也變得很有一套了嘛。不過同時也覺得你們更可憐了……不論是不擇手段也要把我趕下來的小不點，還是你這個傻傻被她哄騙的小子。」

最高祭司扯著纖細的喉嚨不停地笑著。

桐人雖然開口想繼續把話說下去，但一道銳利且凜然的聲音已經搶先一步響徹於房間當中。

「最高司祭大人，請恕我直言……」

讓鎧甲發出清脆聲響後往前走了一步的人，正是之前一直保持沉默的整合騎士愛麗絲。她長長的金髮就像是要和亞多米尼史特蕾達光艷的銀髮對抗一樣，反射月光後發出美麗的光芒。

「但騎士長貝爾庫利閣下與副騎士長法那提歐閣下，都不認為以現在的整合騎士團能擋下即將入侵的黑暗軍隊，而且……我也是一樣。當然，我們騎士團早已做出戰到最後一兵一卒的覺悟，但是在失去騎士團後，最高司祭大人還有什麼可以守護無辜人民的手段嗎？我想您不會認為自己一個人就可以消滅一整個國家的龐大軍隊了吧！」

騎士愛麗絲剛烈美麗的聲音像涼風般吹拂過大房間，讓亞多米尼史特蕾達的頭髮晃動了起來。笑意減少的最高司祭露出有點意外的表情，一直往下盯著黃金騎士看。

而對尤吉歐來說，愛麗絲的話又帶來另一方面的衝擊。

整合騎士愛麗絲．辛賽西斯．薩提。寄宿在最珍視的青梅竹馬，愛麗絲．滋貝魯庫身體裡的另一個人格。

她應該要像幾天前在學院大講堂裡用力擊打尤吉歐臉頰時那樣，是個冷酷無情的執法者才對。騎士愛麗絲心裡，應該完全不存在過去的愛麗絲所擁有的各種感情，以及溫柔、天真無邪的模樣，還有最重要的愛情才對。

但是，剛才騎士愛麗絲那番話，簡直就像是過去的愛麗絲直接成長成整合騎士後所說出來的一樣。

似乎完全沒注意到屏住呼吸的尤吉歐正注視著自己，整合騎士「喀噠！」一聲用力把金木樨之劍刺在地板上後繼續說道：

「最高司祭大人，我剛才說您的執著與欺瞞造成了騎士團的崩壞。所謂的執著，指的是您從人界居民手裡奪走了所有的武器與力量，而欺瞞則是您甚至深深欺騙了我們整合騎士！您硬是讓我們與父母……妻子、丈夫以及兄弟姊妹分開，除了封鎖我們的記憶之外，還植入了我們是從根本不存在的神界被召喚而來的虛假記憶……」

這時愛麗絲一瞬間低下頭去，但是馬上又挺直背桿，以更加堅毅的聲音繼續說道：

「……如果這麼做是為了守護這個世界與人民，那麼現在我就不怪您。但是，您為什麼連我們對公理教會與最高司祭大人的忠誠心與敬愛心都不相信呢！為什麼要對我們的靈魂施行強制服從於您的下流術式呢！」

這時尤吉歐看見將內心所能想到的疑問一股腦全丟出來的愛麗絲，劃出光滑曲線的臉頰上有數滴小小的水花散開。

眼淚。

原本像是喪失所有感情的整合騎士愛麗絲竟然流淚了。

尤吉歐愕然屏住了呼吸，他視線前方的騎士完全不擦拭臉頰，反而毅然挺起上半身仰頭看著支配者。

聽見對方比長劍還要銳利的問題之後，亞多米尼史特蕾達只像是感到有微風吹過般露出淺淺冷笑。

「哎呀哎呀，愛麗絲小妹。想不到妳變得能考慮這麼複雜的事情啦。才不過五年……還是六年？妳被創造出來後……應該也沒經過多久的時間啊。」

那是完全不帶任何感情，所以聽起來才相當輕快的聲音。但這種聲音與磨得光亮的純銀發出的聲音極為類似，可以說完全聽不出一絲人類的溫暖。

「……妳說我不信任你們這些Integrator unit？那真是錯怪我了。我很信賴你們啊……因為你們是齒輪零件，不停努力為我運轉的可愛人偶啊。愛麗絲小妹為了不讓劍生鏽，一直都很勤勞地磨劍對吧？我做的事就跟妳一樣啊。送給你們當禮物的敬神模組（Piety module），正是我愛的證明喔。那是為了能讓你們永遠都是漂亮的人偶。也是為了不讓你們像下民那樣飽受無聊的煩惱與心痛所苦。」

亞多米尼史特蕾達露出超然的微笑，然後抬起左手，以指尖轉動手裡的三角柱。那是從尤吉歐額頭抽出來的改良型敬神模組（Piety module）。

她透過晃動的紫色光芒往下看著愛麗絲，然後溫柔地呢喃道：

「可憐的愛麗絲小妹，漂亮的臉孔扭曲成這樣。是覺得很難過嗎？還是很生氣呢？……其實只要乖乖當我的人偶，就永遠不用為那些無意義的感情煩心了啊。」

從愛麗絲臉頰上滑落的眼淚，碰到黃金鎧甲後發出了柔軟的水聲，但同一時間還可以聽見另一道極為堅硬的聲響。

原來是騎士腳邊的金木樨之劍貫穿厚重絨毯，甚至穿透了大理石地板的聲音。

愛麗絲一邊在雙手上灌注足以讓無法破壞的中央聖堂建材出現損傷的力道，一邊擠出顫抖的聲音：

「……叔叔他……騎士長貝爾庫利閣下以整合騎士身分活下來的漫長三百年裡，從來沒有感到任何煩惱與痛苦，最高司祭大人是這麼認為的嗎？對您的忠誠心比誰都要深的人，心中一直抱持著那麼大的痛苦，而您卻說自己完全不清楚嗎？」

從劍下方傳來「嗶嘰」的尖銳聲音。同時，愛麗絲也用比聲音更加猛烈的態度大叫：

「貝爾庫利閣下總是因為夾在對公理教會的忠誠，以及守護人民的使命之間而感到痛苦！我想您完全不知道，閣下已經多次要求元老院強化徒具虛名的四帝國禁衛騎士團了！閣下……叔叔他其實早就知道被設置在我們右眼內的封印了。這不就證明了，叔叔他一直以來都承受著比任何人都要沉重的痛苦嗎！」

淚流滿面的愛麗絲雖然提出如此悲切的質疑——

但亞多米尼史特蕾達只是再次在雪白的美麗臉龐上露出冷漠微笑來回應她。

「……真是太讓人難過了，我的愛竟然被當成那麼廉價的東西。妳說的事情我當然都知道喔。」

感覺她甜美的微笑深處——飄盪著一絲殘酷的好奇心。

「我就告訴可憐的愛麗絲小妹吧。一號……貝爾庫利已經不是第一次對這種無聊的事情感到煩惱了。其實呢，一百年前左右，那孩子也說過同樣的話。所以我就把他重置了。」

接著就是一陣銀鈴般的笑聲響起。

「我窺看貝爾庫利的記憶，把塞在裡頭的什麼煩惱、痛苦全部都刪除了。不只是那個孩子……我對每個超過一百年以上的騎士都是這樣。讓他們忘記所有痛苦的事情。所以妳放心吧，愛麗絲小妹。一點小惡作劇我不會生氣的，我也會把現在讓妳這麼痛苦的記憶全刪除掉，會好好讓妳恢復成什麼都不用想的人偶喲。」

沉重冰冷的寂靜當中，亞多米尼史特蕾達只是一直掛著帶有深意的笑容。

那個人已經不是人類了。

尤吉歐一邊因為不停襲來的戰慄而起雞皮疙瘩，一邊有了這種深刻的認識。

能自由消除人類的記憶，並且加以改寫的力量。尤吉歐本身就有過那種恐怖的經歷。因為他只不過詠唱三句術式，記憶就被亞多米尼史特蕾達封住，然後變成整合騎士對著桐人他們揮劍了。

如果亞多米尼史特蕾達按照正常的程序來進行合成祕儀，自己還能像現在這樣恢復正常嗎？尤吉歐的記憶原本就有縫隙——雖然不知道為什麼會這樣，但就結果來說，這種情況反而救了他。

但這樣還不算是補償罪過。在和裘迪魯金的戰鬥裡，尤吉歐只能夠使用術式來吸引他的注意力。所以他不認為因為這麼一點小事就能獲得原諒。真要說起來，自己根本沒有資格像這樣和桐人站在一起……

用力握緊垂握在右手上的藍薔薇之劍後，隨即感覺桐人正看著自己的右臉頰。但是，在尤吉歐尚未回看伙伴的臉之前，愛麗絲已經低聲回答：

「……我現在確實感覺到一股撕心裂肺的痛苦與悲傷，甚至覺得能像這樣站著已經很不可思議了。」

她的聲音雖然還是在顫抖，但已經慢慢恢復力量。

「……但是，我不想消除這種痛楚……不想消除我首次擁有的這種感情。因為這份痛楚，正是我不是人偶騎士而是一個人類的最佳證明。最高司祭大人——我不希望獲得您的愛，所以也沒必要讓您重置。」

「……放棄人偶身分的人偶。」

聽見愛麗絲的訣別宣言後，亞多米尼史特蕾達像在唱歌般這麼說道：

「愛麗絲小妹，這樣還是不能被稱為人類喔，只不過是壞掉的人偶罷了。很抱歉，我才不

管妳怎麼想。因為只要我再次進行合成，妳現在的所有感情都會消失不見。」

當最高司祭以溫柔的笑容說出殘酷的發言時……

「就像——妳對自己所做的事情一樣嗎，桂妮拉小姐？」

之前一直保持沉默的桐人，再次以奇妙的姓名稱呼亞多米尼史特蕾達。

一聽到這個稱呼，少女臉上的笑意馬上跟剛才一樣變淡了。

「小子，剛才我不是說過不要再提往事了嗎？」

「不說事實就會消失嗎？就算是妳，也沒辦法隨意編輯過去發生的事。妳絕對無法消除，自己也是由父母親撫養長大，所以也是一個人類的事實……我沒說錯吧？」

尤吉歐心裡暗暗想著：「原來如此。」桐人他一定是從大圖書館的賢者卡迪娜爾那裡，得知了亞多米尼史特蕾達真正的名字與身世之謎。

「人類……嗎……」

亞多米尼史特蕾達立刻恢復笑容，然後用跟之前有些不同的，帶著一些諷刺的口吻低聲說道：

「聽見從『對面』來的小子這麼說，心情還真是有點複雜耶。小子的意思就是，自己比較偉大囉？就像是……不過是地底世界的人，還敢說這種大話的意思嗎？」

「錯了錯了，我絕對沒有這個意思。」

桐人聳了聳肩，否定最高司祭的發言。

「我不但沒有這麼認為，甚至覺得這個世界的人在許多方面都比對面的人類還要優秀。但是，基本上大家都是同樣擁有靈魂的人類，就連妳也不例外。不論活了幾百年，人類也不可能變成神對吧？」

「……我想說那又怎麼樣呢？你難道是想告訴我，大家都是人類，就好好坐下來喝杯茶聊一聊嗎？」

「我是很樂意這麼做啊。不過……我的意思是，妳既然也是人類，就不可能是完美的存在。人類是會犯錯的生物，而妳的錯誤已經大到難以修正的地步了。整合騎士團既然已經半毀，若是現在黑暗領域開始總攻擊，人界就會毀滅喔。」

這時桐人瞄了尤吉歐一眼，然後壓低聲音繼續說道：

「……兩年前，我和尤吉歐在貫穿盡頭山脈的洞穴裡，和從另一邊入口入侵的哥布林集團戰鬥過，一定是當時負責那個區域的整合騎士漏掉牠們了。接下來這種事情發生的次數會更加頻繁，最後入侵變成侵略，而妳費盡苦心維持……或者可以說讓它停滯不前的世界，將慘遭無情破壞與暴力的蹂躪。妳一定也不願意發生這種事情吧？」

「明明是你這個小子打傷了我那麼多騎士，竟然還說這種話。唉，算了。然後呢？」

「或許妳認為……只要自己活下來，然後再重新來過就可以了……」

桐人加強語氣，用右腳往前移動半步。

「再次用法律束縛充滿人界的黑暗領域人民與殘活下來的人類，然後重新建立……可能可以稱作暗黑教會的統治組織。如果是妳的話，的確有可能辦到，但很遺憾的是，恐怕還是無法如妳所願。因為『對面』存在真正能以絕對權限控制這個世界的人類。到時候他們應該會這麼想……這次又失敗了，再從頭來過吧。然後只要按下一個按鈕，這個世界的一切就會被刪除。不論是山脈、河川、城鎮……還是包含妳在內的所有人類都會在一瞬間被消滅。」

桐人的話已經完全超出尤吉歐能理解的範圍了。

愛麗絲應該也是一樣吧。只見紅著眼眶的她把臉轉過來，以質疑的表情看著黑髮劍士。

而現場似乎只有最高司祭一個人可以完全理解桐人所說的話。她嘴角的笑容幾乎完全消失，瞇起來的銀色眼睛裡，開始散發出一絲極為冰冷的光芒。

「……聽見有人在我面前清楚地表示，這個世界只不過是被某個我不知道的人操縱的庭園……果然還是會覺得不高興呢。」

她隨即用將柔弱手指合起來的雙手遮住下半邊美麗的容顏。由看不見的嘴唇所發出的聲音，幾乎已經失去和愛麗絲對話時那種戲謔的語氣。

「但是，這麼說來，那你們……『對面』世界的人類又如何呢？是不是經常意識到世界可能是被更高等的存在所創造出來，於是為了不讓世界被重置而努力朝著上位者喜歡的方向前進呢？」

桐人似乎也沒想到她會問這個問題。

亞多米尼史特蕾達從高處往下看著咬緊嘴唇保持沉默的劍士，然後從透明躺椅上輕輕撐起身體，並往左右兩邊張開雙臂。她接著又像是要炫耀般把修長的雙腿往前伸。甚至超過女神神像的美麗裸體，在月光下發出淡淡光芒，讓大房間裡充滿神聖的氣息。

「……我想應該不可能吧。因為你們是可以隨便就創造一個世界與生命，然後不需要時就把他們全部刪除的傢伙。從那種世界來到這裡的小子，現在有權利來指責我的選擇嗎？」

最高司祭將雙眼看向天花板……不對，應該說看向大理石屋頂後面的遙遠夜空，然後高聲這麼宣言：

「我可不願意諂媚那些自認為是創世神的傢伙來換取讓這個世界繼續存在，那實在太悲慘了。既然已經從小不點那裡聽過以前的故事，那麼小子應該也知道……只有支配才是我存在的證明吧。這種欲望是我唯一的動力與活力，我的雙腳是為了踐踏他人而存在，絕對不是為了向別人卑躬屈膝！」

空氣瞬間捲動起來，讓銀髮整個擴散。

在她蠻橫的魄力壓制之下，尤吉歐的右腳忍不住往後退了一步。雖然亞多米尼史特蕾達是改寫愛麗絲的記憶，並且放任貴族腐敗的敵人，但終究是這個世界唯一的支配者——這時尤吉

歐再次深刻感受到，像自己這種無姓氏的平民，原本是絕對無法親自拜見這名半神半人的絕對支配者。

引領尤吉歐來到這裡的黑髮伙伴似乎也因為被震懾住也搖晃著上半身，但他沒有後退，反而往前踏了一步。接著又像是要鼓舞自己般，用力把右手的黑劍插到地板上。

「——這樣的話！」

從他嘴裡發出來的，是足以讓後面玻璃窗產生震動的巨大聲音。

「這樣的話——妳準備讓人界就這樣遭受蹂躪，然後成為沒有人民的支配者，自己一個人坐在徒具虛名的王座上等待滅亡嗎！」

聽見他這麼說的瞬間，亞多米尼史特蕾達美麗容顏上屬於少女的部分消失了，她活過的漫長時間轉化成純粹的怒氣顯現在臉上。但是這樣的表情也隨即消失，珍珠色嘴唇再次出現惡作劇般的笑容。

「……被認為我沒有考慮過小子所說的總攻擊還真是讓人傷心呢。我可是有很多思考的時間喔……我的伙伴只有時間，而不是對面世界的人類。」

「……那麼，妳有方法能迴避最糟糕的結果囉？」

「不但有方法，而且那也是我的目的喲。只有支配才能證明我的存在……這個準則沒有所謂的適用範圍。」

「什麼……？妳這是什麼意思？」

桐人雖然發出感到疑惑的聲音，但是亞多米尼史特蕾達沒有馬上回答他。

最高司祭只是露出充滿謎團的微笑，然後像要表示話題就到此結束般輕輕拍了一下手。

「接下來的事情，就等小子成為我的人偶後再說給你聽。當然愛麗絲小妹和尤吉歐也一樣。真要補充的話……我只能說我當然不會讓地底世界被重置，甚至不打算接受『最終負荷實驗』喔。我已經完成能達到目的的術式了，你們應該感到高興……因為可以比任何人都早看見我的術式。」

「…………術式……？」

桐人以僵硬的聲音這麼反問。

「要倚靠有一大堆限制的系統指令嗎？妳認為自己一個人使出的術式，就能夠把黑暗領域的軍隊全部消滅掉嗎？在這種狀況下，我看妳連我們三個人都無法處理了吧。」

「哎呀，是嗎？」

「沒錯。事到如今，妳就認輸吧。愛麗絲可以抵擋幾秒鐘的遠距離攻擊術，而我和尤吉歐就可以趁機發動斬擊。如果想用接觸指令來讓我麻痺的話，我就用剛才打倒裘迪魯金的招式來攻擊妳。到這個時候，我實在不太想這麼說——但在沒有前衛防守的情況下，只有一個人的術師根本無法勝過複數的劍士。這應該是這個世界的絕對原則。」

「一個人……一個人嗎……」

亞多米尼史特蕾達從喉嚨深處發出竊笑聲。

「你說到重點了。沒錯，結果還是數量的問題。棋子太多的話就難以控制，太少的話又無法承受最終負荷實驗。雖然整合騎士團已經是在取得平衡的情況下逐漸增加了……」

最高支配者在失去忠臣袞迪魯金後，明明僅剩下自己一個人，但在三名反叛者面前卻還是以深不可測的自信這麼自言自語著。

「真要說的話，整合騎士不過是過度時期的產物喲。我真正追求的武力呢，別說是記憶或感情了，根本連思考能力都不需要。只要是能持續屠殺眼前敵人的存在就可以了，也就是說……不是人類也沒關係。」

「……妳在說什麼……」

亞多米尼史特蕾達無視桐人所說的話高高舉起左手。握在她手上的，是發出妖異紫色光芒的三角柱——也就是從尤吉歐額頭拔出來的敬神模組（Piety module）。

「雖然是個愚蠢的小丑，但袞迪魯金也算幫上一點忙了。他幫我爭取到完整編纂出這一長串術式的時間。來……快醒過來吧，我忠實的僕人！沒有靈魂的殺戮者！」

一聽到這句話，尤吉歐頓時明白了。

在取回意識並回到這間房間時，曾經聽過從床鋪深處傳出細微詠唱術式的聲音。原來那是相當漫長，而且無法用意志力來省略詠唱的，對最高司祭來說也是最高級的神聖術。而她現在就要發動這個術式了。

銀髮少女接下來高聲詠唱的，是簡短到想介入也來不及，但是卻比其他任何式句都要恐怖的兩個單字。

「Release recollection！」

武裝完全支配術的神髓。解放武器的記憶，藉此引出可以超越任何神聖術的力量，可以說是真正的祕術——

但是全裸的亞多米尼史特蕾達，身上不要說是劍了，就連一把小刀也沒有。難道是左手上的敬神模組（Piety module）？但是那根三角柱應該不存在能解放的記憶才對。

尤吉歐抬頭茫然望著遠方最高司祭，他的耳朵聽到細微，但是相當確實的聲音。

從後方傳過來「鏘、鏘」的尖銳金屬聲……不對，左邊和右邊也聽見了。

迅速轉過身來的尤吉歐，立刻因為過於驚訝而劇烈喘息。

這間直徑達四十梅爾的大房間環繞著許多柱子，而柱子上面發出金黃色光芒的大小模造劍這時開始輕微震動著。

「這……這是……！」

當尤吉歐發出驚訝的聲音時，愛麗絲也說了一句：「不會吧……！」

最大的模造劍足足有三梅爾長。就算是亞多米尼史特蕾達，也不可能揮動這樣的武器吧。何況產生震動的，不是只有尤吉歐注視的那把劍而已。圍住整個大房間的所有柱子都發生了同樣的現象，而模造劍的數量多達三十把。

如果不是使用到幾乎快變成自己身體一部分的武器——應該就沒辦法使用記憶解放術才對。得等到持有者與愛劍之間有了相當深的羈絆之後，才能夠首次接觸到劍的記憶。所以把自己屬下當成道具的最高司祭，不可能和三十把模造劍都有深厚的感情。這樣的話，她解放的劍之記憶究竟是什麼——

在呆立在現場的三個人眼前，所有巨劍都產生更加激烈的震動聲，接著更離開柱子浮了起來。

這時尤吉歐急忙彎曲身子，而劍在掠過他的頭髮後便迅速旋轉並朝上飛去，最後聚集在房間中央最高司祭的上方。接著產生更加令人驚訝的現象。

大小三十把劍一邊發出「鏘、鏘」的尖銳金屬聲，一邊互相接觸並組合成一個巨大塊狀物。而尤吉歐馬上就注意到那個形狀有點像是人類。

除了貫穿中心的粗大脊骨之外，還有朝左右兩邊伸展的長手臂。不過下側卻擁有多出人類兩倍的四條腿。

亞多米尼史特蕾達對轉眼間變成詭異巨人，不對，應該說是怪物的巨劍們伸出左手的敬神模組。

——那根三角柱就是最高司祭施行記憶解放術的關鍵。

尤吉歐產生這種感覺的同時，身邊的桐人也叫了起來。

「Discharge！」

一看之下才發現，他張開的右手上已經出現數隻火焰形成的鳥。在尤吉歐，可能連愛麗絲都只能呆呆看著劍互相結合的時候，只有桐人已經詠唱了術式。

發射出去的火鳥朝著亞多米尼史特蕾達握在手裡的三角柱飛去。雖然熱素攻擊術有許多種類，但桐人使用的「Bird shape」術擁有能自動追蹤目標的性能。而且最高司祭的眼睛正注意頭上的劍巨人，所以沒發現桐人的動作。這樣的話應該能擊中——

當尤吉歐產生這種確信的下一個瞬間。

飄浮在空中的劍巨人忽然伸出一隻腳來擋住火鳥的去路。因為迴避不及而撞了上去的火鳥，立刻啪一聲變成深紅火光四散開來。閃耀金黃色光芒的劍只有表面微微變黑，看起來沒有受到損傷。

亞多米尼史特蕾達則是完全無視剛才那一幕，輕輕放開左手上的三角柱。丟上去……應該說是自動上升的三角柱，被構成巨人脊骨的三把劍吸進內側。

紫色光芒緩緩上升，到了巨人如果是生物，那麼該處應該就是它心臟的位置後停了下來，然後發出更強烈的光芒。

當光芒傳遍巨人全身，之前一直像裝飾品一樣略顯圓潤的無數長劍，忽然隨著「鏘！」的聲響得到銳利的劍刃。這個瞬間，尤吉歐的本能立刻告訴他最高司祭的術式已經完成了。

亞多米尼史特蕾達瞇起眼睛來露出微笑的下一刻。

劍巨人便張開四隻腳，咻一聲飛到空中——最後發出堅硬的巨響降落到尤吉歐等人與最高司祭中間的位置。

尤吉歐只能默默抬頭看著身高應該有五梅爾的異形巨體。

脊骨、肋骨、兩條手臂與四隻腳全都是黃金的模造——不對，應該說真正長劍所組成。除了像孩子裁剪樹枝之後做成的玩具之外……也像是棲息在暗之國深處的骸骨怪物。

「……怎麼可能……」

以類似呻吟的聲音這麼低喃的人，正是騎士愛麗絲。

「同時對複數的……而且還是多達三十把的武器施行如此大費周章的完全支配術，這根本已經違反神聖術的基本原理了。就算是最高司祭大人，應該也得遵從神聖術的大原則才對……她到底是怎麼……」

亞多米尼史特蕾達可能是聽見愛麗絲的聲音了吧，但是飄浮在劍巨人身後的少女並沒有回答問題，反而露出感到滿足且帶有深意的笑容。

「呵呵呵……呵呵、呵呵呵……這才是我追求的力量，能夠永遠戰鬥的純粹攻擊力。至於名字嘛……就叫作『巨劍魔像（Sword golem）』好了。」

即使在這種狀況當中，尤吉歐依然試著想推測出這不熟悉的神聖語究竟是什麼意思。

他知道「Sword」代表劍的意思，但是「Golem」卻從來沒有出現在學院使用的教科書裡。連神聖術技能遠優於尤吉歐的愛麗絲，似乎都沒聽過這個名詞。

最後是由桐人沙啞的呢喃聲打破了短暫的寂靜。

「劍的……自動人偶。」

看來他的泛用語翻譯的確沒錯。只見亞多米尼史特蕾達臉上的笑容加深，並且輕輕拍了一下手。

「小子果然相當熟悉神聖語……不對，應該說是英語。不想當騎士的話，也可以當我的書記官喲。不過必須馬上放下劍，然後發誓永遠效忠於我。」

「很抱歉，我不認為妳會相信我的誓言。而且……我也還不認為自己已經輸了。」

「我不討厭這種不服輸的個性，但愚蠢就不可取了。你該不會認為……能贏過我的魔像吧？那人偶身上的每一把劍都擁有神器等級的優先度，而且是我幾乎快用光寶貴的記憶體區域才完成的最強兵器喔……」

之前似乎也在什麼地方聽過「兵器」這個名詞。

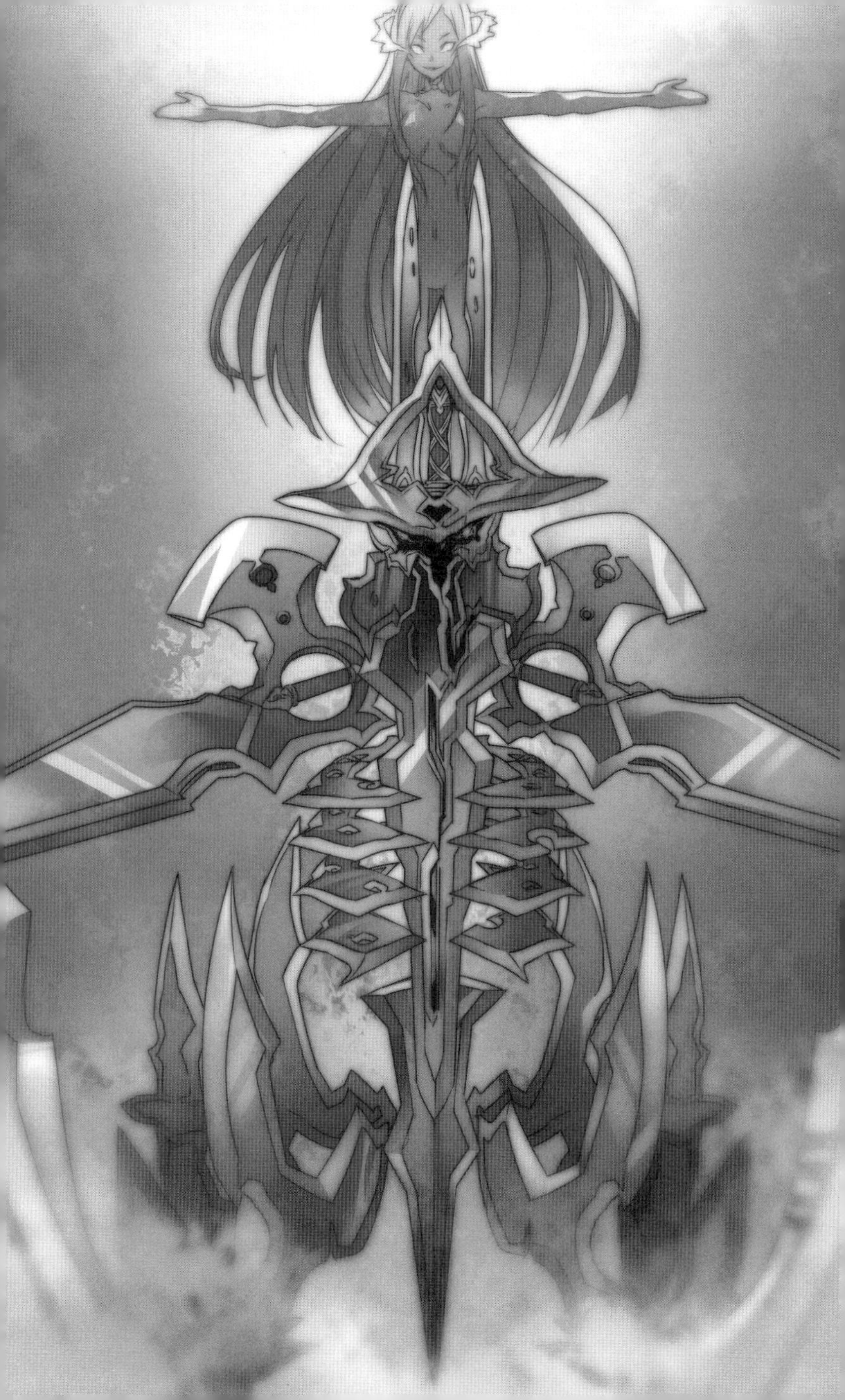

記得應該是副騎士長法那提歐曾經提到過，很久以前最高司祭曾經利用一千面鏡子把索魯斯的光線集中在一點，然後不使用神聖術就創造出超高溫火焰。而最高司祭把那樣的嘗試稱為「兵器的實驗」——

所以兵器就是指能發揮超越神聖術力量的道具嗎？目前阻擋在尤吉歐等人面前的巨劍魔像……就是兵器的完成形嗎？

可能是看見呆立在現場的三個人臉上的表情了吧，亞多米尼史特蕾達露出冷冷的微笑，然後緩緩揮動右手。

「那麼……去消滅你的敵人。戰鬥吧，魔像。」

像是等待這個命令已久般——

劍巨人心臟部位的紫色光芒發出劇烈閃光。

接著四隻腳的怪物便一邊發出金屬質的咆哮一邊往前衝。

巨劍魔像的尺寸還比不上剛才裘迪魯金創造出來的火焰小丑。但是無數關節發出尖銳金屬聲往這裡迫近的詭異模樣，卻讓尤吉歐有種心臟快要結凍般的恐懼感。

這時魔像高高舉起一邊各由三把劍構成的雙手，而最先有所反應的人，是之前一直茫然注視眼前景象的騎士愛麗絲。遲了不到半秒鐘的時間，騎士便果敢地從正面迎擊逼近的怪物。

「喝啊啊啊啊啊！」

她發出蓋過魔像金屬質聲響的巨大吼叫聲。接著將身體後仰到極限的愛麗絲，隨即揮落用雙手握住的金木樨之劍。

這個時候，桐人也開始有所行動。他直接往右斜前方衝去，想繞到魔像的側面。

尤吉歐雖然因為被恐懼吞噬而無法動彈，但總算還是能察覺到桐人與愛麗絲的企圖。

兩個人都認為，如果魔像有弱點的話，一定就是脊骨與四隻腳的接合處，也就是近似人類骨盤的位置。但是從正面攻擊骨盤實在太過危險了，所以愛麗絲才會主動成為誘餌來吸引魔像的意識——如果它有這種感覺的話——而桐人則趁隙從側面砍斷敵人的要害。基本上是和打倒裘迪魯金時同樣的作戰方式。

事前明明沒有交談過，但馬上就開始聯合攻擊的兩個人，除了讓在一旁觀看的尤吉歐深深佩服之外，同時也感到有些心痛。

愛麗絲的劍劃出類似索魯斯的光芒後揮了出去。

怪物的右臂也帶著轟聲往下降落。閃爍金色光芒的大小劍身撞在一起的瞬間，立刻產生足以讓整座中央聖堂晃動的衝擊，接著衝擊形成的旋風也撞上尤吉歐。

雙方開始突擊到現在不過兩秒鐘的時間。

而能夠稱為戰鬥的過程也在這個瞬間結束了。

愛麗絲的金木樨之劍——擁有「永劫不朽」屬性的神器中的神器，就這樣被魔像的右臂彈了回來。

無法將往後彈的長劍拉回，騎士的身體也稍微浮起失去了平衡。

當愛麗絲拚命穩住身形讓自己不跌倒時，魔像左手的劍已經用眼睛看不見的速度朝她的身體刺去。

「咚！」的聲音比剛才撞擊時要輕柔多了，但這同時也是代表勝負已定的聲音。

凶惡且巨大的劍尖出現在愛麗絲纖細的背部，接著噴出鮮紅血液。美麗的金色長髮在被鮮血濡濕的情況下輕輕飄了起來。

被砍成兩半的黃金護胸瞬時失去天命並粉碎。騎士右手上的金木樨之劍也掉落到地板上。

最後魔像隨手拔出左手的劍，整合騎士往前倒了下去。

「嗚……啊啊啊啊！」

立刻傳出一道近似悲鳴的吼叫。

聲音的來源是桐人。正繞到巨人右側的黑髮劍士，雙眼馬上浮現異樣光芒猛然往前衝去。

黑劍開始綻放鮮豔的藍色光芒。那是祕奧義「垂直斬」。

如果能破壞藏在脊骨裡的敬神模組，魔像應該就會停下來了，但它除了有厚重劍身守護著之外，祕奧義也無法攻擊到那麼高的地方。因此桐人瞄準的，是魔像脊骨與腳的接合部分。只要破壞整個外露的該處，巨人應該就會無法動彈。

雙手皆已揮落的魔像，現在應該沒辦法防禦。

但是桐人的劍開始有動作的瞬間。

巨人的上半身就以脊骨為主軸迅速轉了過來。以人類不可能做到的動作橫轉了一百八十度的巨人，隨即以橫掃出去的左臂攻擊桐人。

接著就是「鏘！」一聲激烈的撞擊聲，原來是桐人以超人的反應力移動了祕奧義的軌道來迎擊魔像的攻擊。

但是與剛才完全一樣的光景又在尤吉歐眼前重複了一遍。

桐人的身體因為無法承受衝擊而失去平衡。魔像立刻跨出左後方的腳，朝他毫無防備的懷裡攻去。

再次傳出「咚！」一聲沉重的聲音。桐人整個往旁邊飛去，劇烈撞上了東側的窗戶。令人害怕的大量鮮血染紅了玻璃，接著黑衣劍士便癱軟到地板上。

發不出聲音的尤吉歐只能凝視著趴在地上的伙伴身體底下的血泊逐漸擴散的模樣。

他的腳與手都沒有感覺了。而且身體變得好像不是自己的一樣，根本沒辦法停止發抖。

尤吉歐緩緩移動唯一可以操控的臉部，往上看著站在短短五六梅爾前方的巨劍魔像。

怪物也筆直地低頭俯視尤吉歐。脊骨頂端的劍柄部分，看起來就像是臉一樣。並排鑲在劍鍔上的兩顆寶石則宛如眼睛一般不規則地閃爍著。

在沒有辦法活動，也無法出聲的情況下，尤吉歐麻痺的腦袋裡只是不停重複著同一句話。

——騙人。

——騙人，這一切都是謊言。

騎士愛麗絲以及桐人現在可以說是人界最強的劍士了。就算敵人是異形的怪物「兵器」，這兩個人也不會就這樣落敗才對。應該會跟之前一樣，馬上爬起來再次擺出戰鬥姿勢………

嘻嘻、嘻嘻嘻……

在魔像不停發出的沉重金屬聲當中，可以聽見參雜著一道竊笑聲。

移動視線後，可以發現飄浮在後方的最高司祭亞多米尼史特蕾達，正以愉快的眼神低頭看著眼前的慘劇。她如同鏡子般的眼睛只映照出桐人與愛麗絲所流之血的紅色，看不出任何一絲憐憫。

異形的巨人為了徹底完成主人的命令再次開始行動。

它抬起右前腳，邁開寬大的步伐後把劍刺在地板上，接著移動左前腳。

靠近的巨人左手上，可以看見紅色血水。尤吉歐此時湧起了至少要把那隻手砍下來才能喪命的想法。他心裡的恐懼感已經完全消失，只剩下一個異常沉靜的世界——

而這也讓他無法立刻發現，腦袋裡一個像泡泡破掉般的聲音竟然不是幻覺。

「快使用短劍啊，尤吉歐！」

雖然有些低沉，但那道嬌艷的聲音明顯是來自於女性。

臨死前的幻覺，竟讓自己聽見陌生人的聲音。這時視線稍微往右移動的尤吉歐，眼睛裡見到的是——

趴在地上的桐人右邊肩膀上，有一隻只有指甲那麼大的黑蜘蛛。

那麼小的蟲子不可能會說話，但那道聲音裡的某種感情讓尤吉歐相信了對方。雖然意識已經麻痺，但尤吉歐完全沒有懷疑就相信了，那隻像是在罵人般抬起右前腳的小生物就是那道聲音的主人。

「不……不行啊，那把短劍無法刺中亞多米尼史特蕾達。」

小聲這麼回答之後，蜘蛛便劇烈揮動抬起的右腳。

「不是啦！是通道！把它刺到地板的升降盤上！」

「咦……」

頓時說不出話來的尤吉歐只能瞪大眼睛。黑蜘蛛像紅玉般閃爍著光芒的四顆單眼盯著尤吉歐，然後繼續表示：

「我會幫你爭取時間！快一點！」

一邊動著嘴邊可愛的尖牙一邊大叫的蜘蛛，一瞬間把臉朝向桐人失去血色的臉頰，右腳輕輕觸碰了他一下後隨即往地面跳去。

無聲地落地之後，極小的黑蜘蛛——

立刻一直線朝著比自己大了幾萬倍的巨劍魔像跑去。

3

原本認為自己已經能承受一定程度的肉體疼痛了。

兩年多前，我在盧利特村北方的洞窟裡，與從黑暗領域入侵的哥布林們交過手。在戰鬥當中，被隊長哥布林的蠻刀砍中左肩，那雖然不是什麼致命傷，但卻因為太過疼痛——正確來說應該是疼痛引起的恐懼而怯戰，以至於整個人無法動彈。

那個經驗讓我確實知道自己在地底世界的弱點。由於NERvGear與AmuSphere都具備疼痛緩和裝置，所以長期在能藉由裝置消除疼痛的世界裡戰鬥，讓我失去了對疼痛的忍耐力。

之後我便經常告誡自己，在和尤吉歐練習或者在學院進行比賽時，就算被木劍擊中也不能怯戰，而成果就是在和整合騎士們對戰的過程中，就算受了傷也沒有因為膽怯而無法動彈。因為在地底世界裡，就算手腳被砍飛，只要天命沒有耗盡就能夠完全治癒。

但是——

在漫長的旅途快要結束時，我又因為魔像的一擊而得知了自己根本沒有克服任何東西的殘酷事實。

最高司祭亞多米尼史特蕾達創造的戰鬥兵器，名為「巨劍魔像」的力量與速度都超乎想像之外。其超絕的性能甚至可以說超脫了這個世界的常理。能夠擋下左手的第一擊已經算是奇蹟，左後腳的第二擊根本完全看不見。

形成魔像腳部的劍似乎刺入我的右側腹，一一剖開內臟後由左邊腋下穿出。遭受痛擊的瞬間，雖然只感覺有冰塊般的寒氣撫過腹部，但被彈飛、撞上窗戶並且滾落到地上的現在已經有灼熱的劇痛傳遍全身。不但連指尖都動不了，下半身甚至完全沒有感覺。說不定身體已經快要斷成兩截了。

竟然還能像這樣保持思考能力已經算是奇蹟。

或許是因為現在感覺到的絕望遠超過疼痛的關係吧。

我的天命應該正以前所未見的速度減少當中，到歸零為止應該只剩下不到幾分鐘的時間了吧。

而整合騎士愛麗絲所剩時間應該比我更少。倒在遠處地板上的黃金騎士，胸口完全被巨劍魔像貫穿。雖然似乎逃過心臟被直接砍中的命運，但出血量只能用恐怖來形容。很可能就算用最高級的治癒術都來不及解救她的生命了。這個奇蹟的人工搖光只憑意志力就突破全地底世界人民都被施加的「右眼封印」，但是現在卻即將在我眼前消失。

雖然不在視界裡，但應該還站著的超級好友尤吉歐，生命應該也宛如風中殘燭。就算他的劍技已經超越我，但那根本不是能用劍技對抗的敵人。

巨劍魔像一邊引起地面震動一面前進的模樣映入視線逐漸模糊的眼睛。

即使想大叫快逃啊，嘴裡也只能發出微弱的喘息聲。

不對，其實就算大叫，尤吉歐也不可能逃走。他一定會舉起藍薔薇之劍，為了解救我與愛麗絲去對抗強大的敵人。

之所以會陷入這種最糟糕的情況，全是因為我的誤判——愚蠢地認為亞多米尼史特蕾達應該無法殺人。

在大圖書館裡，賢者卡迪娜爾已經用茶杯跟我解釋過這個世界「禁忌」的本質了。她想告訴我的是，無論什麼禁忌都有破解的方法。亞多米尼史特蕾達恐怕就是藉由創造不用自己動手，就能自動屠殺敵人的兵器來突破自己的限制。

灼熱的劇痛不知何時漸漸轉變成虛脫的感覺。

我的天命馬上就要歸零了。那個瞬間我就會被排出這個世界，然後在ＳＴＬ裡醒過來，接著ＲＡＴＨ的工作人員們就會告訴我，現在的Underworld——包含愛麗絲與尤吉歐在內的所有搖光全都毫無例外地被刪除了。

真希望讓自己天命的定義也變得跟尤吉歐他們一樣。

如果能在這裡和他們兩個人一起迎接真正的死亡就好了。

除此之外，我還能夠用什麼方式對他們表達我的歉意呢？

慢慢變暗的視界裡，只有巨劍魔像持續前進的四隻腳，以及倒在地上的愛麗絲那頭金髮的光輝不停地在搖晃。

最後連那些光線都慢慢遠去。

就在這個時候，耳朵旁邊出現一道細微但是相當確實的聲音。

「快使用短劍啊，尤吉歐！」

那是一道似曾相識的圓滑聲音。我就這樣在無法思考的情況下，持續聽著這道女中音與尤吉歐之間的對話。

聲音的主人簡短地做出幾道指示後，隨即宣布會爭取時間並從我耳邊離開。一瞬間，感覺右邊臉頰像是被某種溫暖的物體碰了一下。

這道溫度稍微喚回我身體的感覺，讓我拚命抬起已經閉起一半的眼瞼。

這時無聲跳到我眼前被自己血液濡濕的絨毯上的——

是一隻閃爍黑色光澤的小小蜘蛛。

不會錯的，那是夏洛特。賢者卡迪娜爾為了收集情報而讓她躲在我身邊兩年的使魔。

但是她為什麼會在這裡？在大圖書館裡，主人已經解除了這隻小蜘蛛的任務，而她也消失在書架的縫隙當中了。

由於太過驚訝，讓我暫時忘記了痛苦與恐懼，而那隻看起來如此渺小的生物就在我眼前往慢慢靠近的巨大魔像衝去。

八隻纖細的腳以令人看得眼花的腳步踢著絨毯。但是蜘蛛一步的距離根本無法和魔像比較。面對準備攻擊尤吉歐的魔像，她到底打算用什麼方法來爭取時間？

想到這裡的我，立刻就因為更加令人震驚的事情而發出細微的喘息聲。

蜘蛛的身體忽然變大了一圈。

每當尖銳的腳刺到地面，蜘蛛的身體便會急速變大。她馬上就超越老鼠、貓、狗的尺寸，而且還在持續巨大化當中。不久之後，我靠在地上的臉頰就感受到夏洛特的腳踢著絨毯所造成的沉重震動。

「——嘰嘰！」

巨劍魔像發出這樣的金屬聲，終於發現夏洛特的存在。臉部的兩顆寶石像是要判斷對方是什麼樣的敵人般閃爍了起來。

「嘎啊啊啊！」

全長超過兩公尺的巨大化黑蜘蛛就這樣發出尖銳的威嚇聲，四隻單眼也露出銳利的光芒。

身高雖然不到魔像的一半，但是和只由細長的劍所組起來的敵人相比，巨大化的夏洛特身體上還覆蓋著看起來相當堅硬的甲殼。漆黑的殼在光線照射下閃耀帶金色的黃綠紅光輝，長了鉤爪的八隻腳看起來則像黑水晶一樣。

相當於雙臂的兩隻腳顯得特別巨大，鉤爪也長得讓人誤以為是劍。夏洛特高舉起右腳，接著朝魔像的左腳敲了下去。

如同兩把大劍互砍的沉重金屬質撞擊聲響徹在整個大房間當中，爆出的橘色火花也照亮了微暗的室內。

這道閃光同時也照出不知道什麼時候已經開始奔跑的尤吉歐的身影。

他的目標不是魔像，也不是我或愛麗絲。

而是為了要實行夏洛特以短劍刺入升降盤的指令，朝向位於南側牆邊的圓形圖案急馳。

尤吉歐背後，可以看見魔像因為夏洛特的一擊而稍微失去平衡，但馬上又站穩身子並高高舉起右手劍。

魔像似乎已經完全把突然出現的巨大蜘蛛當成敵人，泛藍的白色雙眼一面發出銳利的光芒，一面猛然揮落右手。

夏洛特則是用左前腳來抵擋這一擊。

在空中激烈碰撞的黃金劍與黑水晶鉤爪再次產生強烈的衝擊波，沿著地板傳來的震動讓我的身體也跟著陣陣微顫。

即使後側的六隻腳已經深深往下沉，大蜘蛛還是擋下巨劍魔像輕鬆就能把我和愛麗絲彈飛的一擊。

接著雙方就開始為了壓倒對方的激烈推擠。夏洛特的腳的硬殼因為承受巨大重量而彎曲，構成魔像右臂的三把劍也從關節處發出了摩擦聲。

均衡狀態只維持了短短三秒鐘。

隨著「嗶嘰」的鈍重聲折斷的，是夏洛特的左前腳。從切斷面迸出乳白色體液，把黑色甲殼染上白色。

但是蜘蛛卻連一步都沒有退後，反而揮出剩下來的右前腳。目標是構成巨劍魔像脊骨的三把巨劍中間縫隙。也就是由內部發出紫色光芒的——敬神模組（Piety module）。

如黑色閃電般伸出的鉤爪，看起來像是貫穿了應該是魔像最大弱點的三角柱——但下一個瞬間，像肋骨一樣並排在脊骨左右兩側的好幾把劍忽然一起動了起來。

「鏘嘰——！」一聲宛如裁紙機的金屬聲響起。原來是左右各四根的劍刃互相交叉了。夏洛特深陷入該處的右腳，立刻被從中間左右切斷，再次噴出大量體液。

魔像的肋骨緩緩打開後，從內側掉下一半被切成好幾塊的腳。可能是確信自己獲勝了吧，只見魔像的雙眼像在嘲笑敵人般微微閃爍了一下。

夏洛特雖然失去兩隻前腳，但是依然相當勇敢。

她再次發出尖銳的叫聲，然後為了用長在嘴巴上的粗粗短牙啃咬對方而撲向前去。

但是攻擊卻沒有成功。魔像以看不見的速度往上踢的腳又砍下夏洛特左側的兩隻腳，大蜘蛛失去平衡後整個跌落到地板上。

已經夠了——快逃啊。

我很想這麼大叫。

自己從來沒有和那隻名叫夏洛特的黑蜘蛛直接對話過。

但她卻一直守護著我。當我在宿舍裡的花壇培育的賽菲利雅花被萊歐斯他們扯斷時，夏洛特甚至告訴我能救助花朵的方法。明明卡迪娜爾交給她的任務，就只有監視我而已啊。

沒錯——絕對不能讓只是為了幫我們爭取時間而挑戰絕望戰鬥的她死在這裡。

雖然不斷想大喊「快逃啊」，但就是發不出聲音。

以剩下來的四隻腳勉強撐起身體的夏洛特，為了再次進行有勇無謀的突擊而沉下身體。

但是魔像的左手還是快一步從正上方揮落，深深刺進黑蜘蛛呈現優美曲線的胴體當中。

「…………啊……」

從我喉嚨裡發出連悲鳴都稱不上的微弱聲音。

——就在這個時候。

突然出現的紫色閃光覆蓋了我的視界。

我過去也曾看過這樣的光輝。在大房間狂亂飄動的光帶，全是由細微的文字列所組成。為了解救副騎士長法那提歐而使用卡迪娜爾的短劍時，也出現過同樣的光芒。

一定是尤吉歐跑到升降盤的位置，然後將他的短劍刺在上面了。雖然不知道這麼做會帶來什麼樣的結果，但尤吉歐沒有浪費夏洛特捨身突擊爭取到的時間。

在慢慢變淡的光芒照耀下，漆黑的蜘蛛即使身體被貫穿也還是試圖要站起來，只見她不停用剩下來的腳扒著地板。但魔像的手隨著潮濕的聲音拔出去後，巨大身軀便無力地跌進白色血泊當中了。

並排在臉上的四顆單眼，原本像紅寶石一樣的鮮豔緋紅色幾乎完全消失。夏洛特就以這樣的眼睛確認升降盤的模樣，然後在牙縫不停滴血的情況下以虛弱的聲音呢喃著：

「能趕上……真是太好了。」

她驅動發抖的右腳轉動身體。四隻眼睛溫柔地凝視著我。

「最後……能跟你一起戰鬥……真的很……高…………」

她的話就像溶解在空氣裡一樣戛然而止。紅光在光滑的圓眼睛閃爍了幾次後，就完全消失了。

發現視界逐漸模糊之後，我才知道即使在這種瀕死狀況之下，還是可以流出眼淚。黑蜘蛛的巨大身軀開始無聲地縮小，白色血泊也迅速蒸發，最後只剩四隻腳都蜷縮起來仰倒在地上，只有指尖大小的屍骸。

巨劍魔像似乎瞬間對自己屠殺的生命失去興趣一般，回過頭來以發亮的雙眼盯上尤吉歐。接著巨大身軀轉了九十度，踩出去的腳部前端深深刺入地板之內。魔像前進的方向，可以看見紫色的光帶依然不停搖曳著。

我擠出最後的力量將脖子轉動了幾公分，讓視界能夠看見光源。

圓形大房間的南端，距離玻璃窗稍遠處的地板上，出現了像脈搏一樣跳動的光環。那是我和愛麗絲移動到這第一百層來時所使用的升降盤。

光環中央刺著一隻類似極小十字架般的物體。那是卡迪娜爾交給我和尤吉歐各一把的紅銅短劍。她以留了兩百年的辮子做為神聖力來生成這兩把短劍，被短劍刺中者和卡迪娜爾之間會出現超越空間的隧道。

尤吉歐按照黑蜘蛛夏洛特的指示，把那個對付亞多米尼史特蕾達的最後手段刺到地板的升降盤上了。

升降盤，不對，現在整個房間都充滿紫色光芒。在有如大量音叉產生共鳴般的高頻率音逐漸增強下，整把短劍忽然分解，變成一道細長的光柱連結起升降盤與天花板。

呆呆站在旁邊的尤吉歐，像是無法承受刺眼的光線般用左臂遮住臉龐。持續朝他前進的巨劍魔像似乎也因為這無法理解的現象而感到疑惑，在關節發出尖銳的聲響後就停了下來。

光柱的寬度慢慢往外擴張，接著從中心部分出現光亮的暗茶色平面——板子。不對，那不是普通的板子。周圍被四角形框架圍住，而且一側還有銀色把手突出的物體是一扇門。

在我發現這件事的同時，光芒隨即變得更加強烈然後消失。高頻率的聲音也沉靜下來，整個大房間回歸平靜。

我和尤吉歐都默默地看著這扇外觀與顏色都似曾相識的厚重大門。

異常現象平息下來之後，可能是程式再次啟動了吧，只見巨劍魔像的右腳往前踏出一步。

這個瞬間——

喀嘰一聲細微的硬質聲響讓空氣產生輕微但確實的晃動。

銀製門把開始緩緩旋轉起來。最後又出現一聲堅硬的聲音，接著門就被靜靜打了開來。

由於只有一扇門豎立在地板上，所以就算門打開了，另一側應該也是這間大房間才對。但是，木框與門之間的空隙並沒有應該出現的月光照射進來。內部完全籠罩在黑暗當中。

門緩緩移動，在開到五十公分左右便停了下來。目前依然看不見門內的模樣。巨劍魔像無視門的存在繼續前進，巨劍的攻擊範圍離尤吉歐只剩下三步……兩步——

突然間，門內部的黑暗充滿了龐大的光芒。

水平發射出來的，是純白的閃電。

「鏗——！」一聲，比之前目擊過的任何神聖術都要強烈的衝擊聲刺激著我的耳朵。直接擊中巨劍魔像的雷光像生物般扭動，將巨大身軀變成一道黑影。

肆虐了幾秒鐘的電擊終於沉靜下來後，原本以為應該擁有無限耐久力的魔像，上半身晃動了一下後就不再往前進。幾十把劍上都冒出淡淡白煙，雙眼則開始不規則地閃爍。

這時門裡再次出現一道閃電，轟中依然想移動的怪物。要使出擁有如此威力的神聖術，至少也得詠唱幾十行術式才行，因此這種連射速度只能說是匪夷所思。就在各處都出現焦黑的魔像，一邊發出尖銳吼聲一邊往後退了一步的僅僅半秒鐘之後……

響起更加激烈的雷鳴，接著就是第三道閃電。被比剛才那兩道還要粗大的白光擊中後，身高一丈五尺的戰鬥兵器就像紙工藝品一樣被轟了出去。在空中不停旋轉的巨人通過滯空的亞多米尼史特蕾達右側，最後重重摔落在房間深處地板上。我感覺到它掉落時的衝擊讓整座中央聖堂都為之震動。

整個翻倒的魔像雖然停止動作，但天命似乎仍未耗盡，手腳上的劍尖都還在微微發抖。不過應該不可能馬上站起來才對。

我把視線移回來，再次看向門後面的黑暗。

這時我已經確定即將出現在那裡的人是誰了。因為在這個世界裡，能夠連續使用這種超絕神聖術的人，除了最高司祭亞多米尼史特蕾達之外就只剩下一個人。

首先從黑暗深處出現的，是一根細長手杖，以及握住拐杖的小手。接著就是纖細手上的寬

鬆袖子、疊出好幾層皺摺的黑色天鵝絨長袍、上頭有彩穗的四角形帽子。最後從長袍衣襬下稍微露出的平底鞋往前走出一步，無聲地踏上絨毯。

看起來相當柔軟的栗色捲髮以及銀框小眼鏡出現在月光下，同時具有青澀與無限睿智的大眼睛也在鏡片深處發出光芒。

在被隔離的大圖書館裡度過等同於永遠的歲月後，卡迪娜爾這個身為最高司祭亞多米尼史特蕾達的分身且擁有對等權限的賢者，終於悠然走到藍白色月光下並停下腳步。下一刻，她背後的門便自動關了起來。

卡迪娜爾為什麼能從成為隔離空間的圖書館裡來到這個大房間呢？靠的當然就是尤吉歐手上那把紅銅短劍了。按照夏洛特指示插在升降盤上的短劍，讓升降盤與卡迪娜爾產生連結。如此一來，要以術式將升降盤連接的空間換成圖書館對她來說就只是舉手之勞。

嬌小的賢者首先以教師般的嚴肅表情環視了一下應該是首次來到的中央聖堂頂樓。接著看向站在旁邊的尤吉歐並輕輕點了點頭，而她也一直凝視著躺在稍遠處的騎士愛麗絲。把視線移到同樣趴在地上的我身上後，她像是要我放心般露出了微笑後再次點了點頭。

到了最後——

卡迪娜爾才毅然挺起嬌小的身軀，看著飄浮在大房間深處且一直保持沉默的亞多米尼史特蕾達。從側臉無法看出睽違兩百年又和宿敵對峙的賢者，內心究竟有著什麼樣的感慨。

確認完狀況的卡迪娜爾，隨即迅速舉起右手的手杖。下一個瞬間，她嬌小的身體便浮起來，像在空中滑行般來到我和愛麗絲倒地之處。

降到地板之後，她首先用杖頭輕輕碰了一下愛麗絲的背部，結果馬上有閃閃發亮的光粒降下滲進騎士的身體裡。

她接著又用細長手杖敲了敲我的肩膀，再次出現的溫暖光芒立刻包圍我已經完全喪失感覺的身體。

自己宛如變成空殼般的冰冷虛無感率先消失，接著被魔像刺中的腹部也再次感覺到灼熱的劇痛。當我強忍住快要衝出口的悲鳴時，疼痛感隨即被溫暖的波動融化。疼痛消失，身體的感覺也恢復過來之後，我便數次開合僵硬的右手，然後畏畏縮縮地摸向肚子的傷口。

一摸之下，發現殘留的傷痕雖然還是有點刺痛，但是幾乎讓身體斷成兩截的重傷已經痊癒還是讓我感到驚愕不已。我如果想用治癒術發揮出同樣的效果，可能得在陽光照射下的森林裡持續詠唱術式好幾個小時才行吧。

雖然這是治癒力誇張到讓人難以相信自己已經得救的神聖術，但當然也得付出同等的代價。而且付出代價的人是施術者卡迪娜爾而不是我，因為這可能正是最高司祭亞多米尼史特蕾達故意造成的狀況——

像是完全不在意我充滿戰慄的想像一般，卡迪娜爾再次輕輕浮了起來。稍微移動之後才降下來的她，來到躺在絨毯上的小小黑色屍體前面。

她咚一聲輕輕把手杖插在地板上。即使把手放開，手杖也依然一動也不動地直立著。

卡迪娜爾輕輕彎下腰，雙手溫柔地從地板上把遺骸捧起來。將包裹著黑蜘蛛夏洛特的雙手移到胸前後，少女便深深低下頭，以幾乎快聽不見的聲音呢喃：

「這個……頑固的傢伙。我不是解除妳的任務，要妳好好休息，在自己喜歡的書架角落過自由的生活了嗎？」

圓眼鏡深處的長睫毛眨了兩三下。

我以終於能好好活動的右手握住掉落在旁邊的黑劍後，以它代替拐杖站了起來。搖搖晃晃地靠到卡迪娜爾身邊，先省略其他許多該說的事情，直接先問道：

「卡迪娜爾……那就是夏洛特真正的模樣嗎……？」

晃動捲髮抬起頭來的賢者，以微微濕潤的眼睛看了我一眼後，以甚至讓我感到有些懷念的口氣回答：

「……即使是在這個人界裡，上古時代也有許多魔獸與怪物棲息在森林與荒野當中。你應該很習慣這種存在了吧。」

「…………擁有名號的怪物嗎……但是……夏洛特會說人話，而且也有感情……難道她也有搖光嗎……？」

「沒有……如果借用你的世界的說法，夏洛特其實是跟ＮＰＣ同樣的存在。她不是存放在LightCube裡，而是由Main Visualizer角落的一個小小擬似思考引擎所驅動，說起來算是系統的一部分。從前人界也配置了許多能使用泛用語與人問答的大型野獸、古木與巨岩。但是……牠們全都消失了。半數是被整合騎士消滅，而另一半則是被亞多米尼史特蕾達這傢伙拿來當成物體神聖力了。」

「這樣啊……就像在北方山脈的洞窟裡變成骨頭的守護龍一樣……」

「沒錯。我因為覺得牠們很可憐，就盡可能保護這種新生成的ＡＩ。我所驅使的使魔，大部分都是沒有思考引擎的小型個體，但裡面也有像夏洛特這樣，讓我所保護的ＡＩ替我工作。因為牠們都有很高的能力值，所以就算外表縮小，也不會因為一點小事就受傷。所以躲在你衣服裡的時候，就算你怎麼亂動都沒辦法傷到她。」

「但……但是……但是……」

我一直凝視著橫躺在卡迪娜爾手掌當中的屍骸，強行忍住再次溢出的淚水繼續問道：

「夏洛特的言行舉止，不是擬似ＡＩ所能模仿的喔。她救了我的性命。為了我而犧牲了自己。為什麼……為什麼她能做出這種事情……」

「我之前也說過了，這個孩子已經活了五十年。這段期間一直和我說話，也看過了許多人

類。跟在你身邊也很快就過了兩年……一起度過這麼長的時間，就算沒有搖光——」

卡迪娜爾忽然加強聲音的力道，然後以堅決的態度說完接下來的話：

「就算她知性的本質不過是輸入與輸出檔案的累積，卻依然帶有真正的心。沒錯，有時甚至還會有愛。我想這是妳這個傢伙永遠無法理解的事情……亞多米尼史特蕾達，空虛的人啊！」

年幼的賢者以凜然清晰的聲音這麼大叫，然後終於筆直地瞪向兩百年來的宿敵。

飄浮在遠處默默看著這一切的最高支配者，並沒有馬上回話。

她只是用手指合在一起的雙手遮住嘴角，如同鏡子一般的謎樣眼睛浮現光芒。

根據卡迪娜爾在大圖書館裡的敘述，亞多米尼史特蕾達在和最原始的Cardinal系統融合時，為了防止自我修正用副處理程序——成為現在的卡迪娜爾基礎的第二人格——叛亂，所以操作搖光捨棄了所有感情。

而在分裂成兩個人之後，應該就沒有被副處理程序奪取身體的危險了，所以她也沒必要特別讓感情這種對她來說毫無意義的東西復活才對。

因此我對亞多米尼史特蕾達抱持的印象，就只是機械化地處理任務而已，因為這樣才像一個程式般的人類。但是在中央聖堂最上層見到的最高司祭，卻與我的想像有很大的差異。除了蔑視裘迪魯金之外，她戲弄我們時的微笑，看起來也完全不像虛假的表情。

而且即使是現在——

銀髮銀眼的少女也從雙手遮住的嘴角發出真珠落玉盤般的笑聲，然後瞇起雙眼。

嘻嘻、嘻嘻……

即使卡迪娜爾做出了嚴酷的批評，亞多米尼史特蕾達似乎也只把它當成耳邊風一般，不斷晃動纖細的肩膀嬌笑著。

最後在笑聲當中，偷偷參雜著簡短——但是讓我剛才的擔心成真的一句話。

「我就知道妳會來。」

嘻嘻、嘻嘻嘻嘻……

「我知道只要虐待這幾個小孩子，妳就會從那個發霉的地下室裡鑽出來。妳就只有這點程度了嗎，小不點？雖然準備了和我對抗的棋子，但是卻沒辦法把他們當成棋子一樣拋棄。人類真的沒救了。」

果然——

正如我所害怕的，亞多米尼史特蕾達真正的目的，是想藉由把我們逼入絕境來引誘出隔離在大圖書館裡的卡迪娜爾。換句話說，就是最高司祭還留有即使在這種情況下也絕對能獲勝的手段。

但是，應該是她最終兵器的巨劍魔像已經幾乎被卡迪娜爾破壞，而我們這邊的尤吉歐和我應該都還能戰鬥。再仔細一看，就能發現愛麗絲似乎也已經恢復意識，目前正準備用單手撐起身體。

算是表裡一體的卡迪娜爾與亞多米尼史特蕾達，只要一對一單挑的話一定會兩敗俱傷，所以目前的狀況應該是我們占絕對優勢才對。

也就是說亞多米尼史特蕾達在連結圖書館的那扇門打開的瞬間，就應該放棄旁觀而開始全力攻擊。但是她為什麼眼睜睜看著巨劍魔像被毀、我和愛麗絲被治癒，然後又跟卡迪娜爾進行一段不算短的對話呢？

卡迪娜爾當然也和我有同樣的疑問。但是她的側臉完全看不出任何動搖，唯一只有嚴厲的表情。

「哼。一陣子沒見，想不到妳這傢伙也變得很會模仿人類了嘛。難道這兩百年來，妳一直看著鏡子練習怎麼笑嗎？」

亞多米尼史特蕾達再次以微笑帶過卡迪娜爾辛辣的發言。

「哎呀，我才想問小不點為什麼用這種老氣橫秋的口氣講話呢。兩百年前被帶到我面前時，明明還害怕到發抖呢。對吧，莉賽莉絲小妹。」

「別用那個名字叫我，桂妮拉！我的名字是卡迪娜爾，是只為了消除妳而存在的程式。」

「呵呵呵……好像是這樣呢。而我則是亞多米尼史特蕾達，管理所有程式的人。抱歉這麼晚才跟妳打招呼啊，小不點。因為要準備歡迎妳的術式耽誤了一點時間。」

亞多米尼史特蕾達笑咪咪地說完話後，隨即輕輕舉起右手。

大大張開的五根手指，像是要捏碎某種看不見的物體般彎了起來。之前臉色完全沒有改變過的雪白臉頰這時候閃過一絲血色，銀色眼睛也出現激烈的光芒。發現那個最高司祭首次認真地集中精神之後，我的背部立刻湧起一股冰冷的戰慄。

但是根本沒有時間採取行動了。下一個瞬間，亞多米尼史特蕾達的右手已經用力握緊。

同一時刻──

大房間的每個方位都傳出十幾二十聲「喀鏘──────！」的巨大硬質破碎聲。我猜測包圍大房間的巨大玻璃牆應該全都破碎了。

但還不只是這樣而已。

破碎的除了窗戶之外──還有外面黑漆漆的整片雲海與滿天星星，以及發出清澈藍白色光芒的滿月等夜空中的所有一切。

我只能呆呆看著天空變成無數碎片四處飛舞，互相撞擊後又碎成更細的碎片往下掉落的模樣。映照出星空的眾多碎片掉落之後，出現在眼前的是只能用「非存在」來形容的光景。

完全沒有遠近感的黑色與紫色的空間，一邊劃出大理石花紋一邊慢慢蠢動著。那是長時間凝視的話，會讓觀看者似乎連精神都被吸走的，完全虛無的世界。

雖然色澤與美感都有所不同，但感覺還是近似於那個時候看到的現象。就是過去在浮遊城艾恩葛朗特崩壞時，包覆整個夕陽西下的天空，並且將其消去的白色光之薄紗。

難道這個地底世界也要崩壞、消滅了嗎？人界、黑暗領域、村莊和城鎮……以及生活在裡面的人們……所有一切都要消失了嗎？

當我快要陷入恐慌狀態時，把我拉回來的，是卡迪娜爾雖然有些驚訝，卻依然堅毅不搖的聲音。

「妳這傢伙……把記憶體空間切離了嗎？」

——這是什麼意思……？

雖然感到疑惑，但還是無法將視線從亞多米尼史特蕾達身上移開的我，只看見那名銀髮少女緩緩放下右手低聲回答：

「小不點……兩百年前，差一點就能幹掉妳時卻被妳逃掉的確是我的失策。把那個發霉的地下室設置成非連續記憶空間的人確實是我自己，所以我也從那次的失敗裡學到教訓了。我決定哪一天又把妳引誘出來的話，一定要把妳關在能讓貓咪狩獵老鼠的籠子裡。」

閉上嘴的最高司祭像是要完成最後的程序般，換成以左手指尖彈出啪嘰一聲。

下一刻，屹立在後方地板上的深茶色大門就隨著比剛才小多了的破壞聲炸成碎片，就連碎片也立刻在空中分解並且消失。最後連原本地板上那個標示升降盤位置的圓形圖樣也不見了。

站在圓形旁邊的尤吉歐一臉驚訝地伸出右腳，在絨毯上踩了好幾下。最後抬起頭來看著我，微微搖了搖頭。

總之，目前的情況是這樣……

亞多米尼史特蕾達破壞的不是窗戶外面的世界，而是世界與這座中央聖堂最上層的連結。就算想盡辦法破壞了周圍的玻璃窗，應該也沒辦法到外面去了，因為那裡根本不存在可以移動的空間。以想把某個人關在假想空間裡的手段來說，這已經是最完美的結果了，可以說是只有身負管理者權限才能使用的手段。和這種方法比起來，存在於舊艾恩葛朗特第一層黑鐵宮的監獄區根本就像在扮家家酒一樣。

亞多米尼史特蕾達並沒有浪費卡迪娜爾出現之後的幾分鐘時間——她根本是在準備這需要大費周章的術式。

但是……

完全切斷空間的連結也就表示……

「我覺得妳的比喻不太正確。」

比我早做出同樣結論的卡迪娜爾立刻低聲反駁對方。

「雖然只要幾分鐘就能切斷連結，但要重新接續的話可不容易。也就是說，妳自己也被關在這個地方了。而就現在的狀況來看，哪邊是貓哪邊是老鼠還很難說吧？因為我們有四個人，

而妳只有自己一個。桂妮拉，如果妳看輕這幾個年輕人，那可是會倒大楣喔。」

卡迪娜爾說得一點都沒錯。

事到如今，亞多米尼史特蕾達本人也沒有那麼簡單就能離開這個空間了，而她和卡迪娜爾是擁有同等力量的術者。對我方陣營來說，只要趁著卡迪娜爾抵消敵人神聖術的空隙衝過去進行攻擊——就能夠分出勝負。

但是聽見卡迪娜爾的反駁後，最高司祭臉上依然掛著微笑。

「四個人對一個人？錯了……妳的計算也有點錯誤。正確來說……就算不包括我，也是四個人對三百個人喲。」

當甜膩的聲音這麼說完，最高司祭後方翻倒的金屬塊——幾乎全毀的巨劍魔像，忽然發出快要震破耳膜的不協和音。

「什麼……」

卡迪娜爾低聲叫道。連續三記使出全力的雷擊轟中對方後，她應該認為魔像已經無法復原了。因為連我也是這麼深信不疑。

但是魔像在幾秒鐘前還都還黯淡無光的雙眼，現在已經像兩顆恆星般發出璀璨光芒。巨人以殺氣騰騰的視線看著我們，像是受到的傷害一瞬間完全消失了般以兩條手臂撐起上半身，接著四隻腳插在地板上，隨著腹部發出的巨響站了起來。

仔細一看，發現遭受卡迪娜爾的雷電連擊後，各處因為燒焦而冒出白煙的巨劍零件群，不知道什麼時候又恢復了如同全新一樣的光芒。

這個世界的高優先度武器的確擁有自動回復天命的能力，但必須經過仔細地保養並收入劍鞘當中才行。而且就算這麼做了，還是得花上一整天才能把損失一半的天命恢復到最大值，更何況構成魔像身體的劍本來只是設置在柱子上的裝飾品而已。

就算如同亞多米尼史特蕾達所說的，所有零件都擁有神器級的優先度，也不可能在這麼短的時間內恢復天命才對。

但是，能感覺到屹立在最高司祭身後的劍巨人，已經跟遭受雷擊前一樣——不對，應該說散發出更具壓倒性的力量了。那種模樣甚至讓我覺得，只要能大量製造這種魔像，說不定真的能抵擋來自黑暗領域的總攻擊。

默默呆立在現場的我，耳朵忽然聽見嬌小賢者尖銳的聲音。

「桐人、愛麗絲、尤吉歐，快到我身後來！絕對不能到前面去！」

一聽到這個指示，除了一開始就在卡迪娜爾身後的我之外，另外兩個人也趕緊跑了過來。愛麗絲似乎完全從右胸被貫穿的傷勢當中恢復過來了。雖然失去黃金護胸，底下的藍色騎士服也出現了很大的裂痕，但是動作完全沒有受到傷勢影響。

堅強挺起背桿並舉起金木樨之劍的愛麗絲，對著我小聲呢喃道：

「桐人……這位到底是……？」

「……她的名字是卡迪娜爾。是兩百年前和亞多米尼史特蕾達戰鬥，然後被放逐的另一名最高司祭。」

另外也是——對管理者(Administrator)的格式化程式(Formator)，毫不留情地將世界回歸於零的使者。

但是現在當然不能提到這些事情。看見愛麗絲臉上露出訝異的表情後，我又接著說明道：

「別擔心，她是同伴。是救了我和尤吉歐，並且引導我們來到這裡的人。她由衷喜愛並且擔心這個世界。」

至少這些事情都是事實。愛麗絲看起來雖然還有些猶豫與迷惑，但還是悄悄把左手放在右胸——卡迪娜爾以奇蹟般力量將其治癒的地方並深深點了點頭。

「……知道了。高等神聖術能夠反映施術者的心……我願意相信幫我治療傷勢時，這位女士展現出來的溫暖力量。」

我像是要表示「一點都沒錯」般對她點了點頭。

就算是只有一行術式的最低等治癒術，在對別人施行時，效果還是會因為施術者的態度真誠與否而出現很大的差異。

卡迪娜爾的治癒術充滿了能溫柔溶解所有痛苦的真正慈愛，所以我才會期待與相信她要將地底世界歸零的決心還有商量的餘地——不過這些事情都必須等到在這場戰鬥獲勝之後才能討

論了。

究竟是什麼原理讓完全失去力量的巨劍魔像一瞬間完全恢復，又該怎麼與其對抗，這是目前得先識破的祕密。

全身帶著暗沉金色光芒的魔像開始緩緩前進。

與其對峙的卡迪娜爾小心翼翼地舉起手杖，但現在已經沒辦法像幾分鐘前那樣，以帶有巨大威力的神聖術來先發制人了。因為亞多米尼史特蕾達應該正虎視眈眈地，想趁卡迪娜爾使用術式的瞬間發動攻擊。

——快點想辦法，這就是我目前唯一能做的事了。

巨劍魔像的自動治癒能力應該是記憶解放術所帶來的效果。如果是這樣的話，構成魔像巨大身軀的三十把劍，成為其源頭的「某種東西」應該擁有能辦到這一點的屬性。

聽見天命自然回復，首先想到的是我右手上黑劍的源頭巨樹基家斯西達，但它的超級回復力是來自於陽光與地面不停供應的空間神聖力。

但是這座大房間的神聖力來源，就只有從南側窗戶照進來的月光而已。所以我不認為這裡累積了能讓那麼巨大的身軀瞬間回復的神聖力。也就是說，巨劍魔像的源頭並非像基家斯西達那樣的自然物物體。

這樣的話，剩下來的可能性就只有不依靠空間神聖力，本身就擁有回復力的生物型物體了。但是卡迪娜爾說過，過去這個世界裡雖然存在許多擁有稱號的巨大怪物，但現在已經滅絕了。另外像熊或者牛那樣的一般動物個體，應該沒有能產生那種攻擊力的優先度才對。就算聚集了一萬隻動物並把牠們轉換成劍，威力應該也遠遠比不上整合騎士們的神器。因為野獸的天命就是那麼地少。優先度與耐久度是呈等比例，所以想製造出三十把那種等級的武器，至少需要數千，甚至數萬隻大型動物——……

等等。

剛才亞多米尼史特蕾達好像說了某句奇怪的話。

四個人對「三百個人」。

用來製造那個巨劍魔像的個體，不是像動物那樣的動態物體。而是人類個體，也就是生活在這個世界的居民。而且——還高達三百個人。這樣的人數已經足夠消滅一個小村落了。

第六感告訴我，經由幾乎要把腦袋燒焦的瞬間思考所得到的結論就是無庸置疑的事實。但是卻完全沒有解開謎題後的爽快感，反而是一股壓倒性的恐懼朝我心頭襲來。我從腳尖到背肌乃至於脖子全部都起了雞皮疙瘩。

地底世界的人民不只是一般的動態物體。他們和我們這些現實世界的人一樣都有真正的搖光，也就是靈魂。而且就算被變質成長劍，只要肉體還存在，搖光就不會停止活動。

這也就表示，被變成那個魔像零件的人們，即使是在沒有眼耳口的金屬當中，可能也還保留著意識。

似乎又快我一步做出同樣結論的卡迪娜爾，整個嬌小的身軀都緊繃了起來。她舉起手杖的小手，已經用力到完全失去血色了。

「…………妳這傢伙。」

她說話的聲音，已經因為足以覆蓋稚嫩感的怒氣而變得沙啞。

「妳這傢伙……竟然……做出如此殘忍的事情！妳這樣還算是統治者嗎！被變成那具劍人偶的，不都是妳本來應該要守護的人民嗎！」

這時我的左側同時傳出兩道喘息聲。

「人民……？妳說的人民是……人類嗎？」

尤吉歐一邊狼狽地退了一步一邊這麼呢喃著。

「妳說那個怪物……是人……？」

依然把左手放在胸口的愛麗絲也發出呻吟。

整個大房間充斥著冰冷緊繃的寂靜。

最後亞多米尼史特蕾達終於像是享受著我們四個人的驚愕、恐懼以及怒氣般，一邊微笑一邊回答：

「答・對・了。終於發現了嗎？我還擔心你們會不會在我說出真相前就都死光了呢。」

她像是真的感到很高興般，以天真無邪的笑聲笑了好一陣子，最後這個絕對的統治者才啪一聲拍了一下手繼續說道：

「我對小不點真有點失望。明明兩百年來都躲在洞穴裡偷看，卻還是無法了解我。在某種意義上，我也算是妳媽媽啊。」

「……別說蠢話了！我早就看透妳爛到骨子裡去的死個性！」

「那妳為什麼還說『應該守護的人民』這種無聊的話呢？我怎麼可能會在意那麼低次元的事情呢。」

我感覺亞多米尼史特蕾達明明臉上還是掛著笑容，但是包圍她的空氣卻忽然變冷了。這時她又從露出絕對零度微笑的嘴唇裡，丟出像冰之微粒子一樣的話來：

「我可是支配者喔，只要下界有可以被我隨意支配的東西存在就可以了。至於那東西是人類還是巨劍，根本就不是什麼大問題。」

「妳……這傢伙……」

卡迪娜爾沙啞的聲音到這裡就中斷了。

我也不知道該說什麼才好。

名為亞多米尼史特蕾達的女性，不對，應該說這個存在的精神構造實在超出我能理解的範圍。正如名字所顯示的，她是系統管理者，所以認為人界的居民只不過是可以改寫的資料檔。

真要比喻的話，就像現實世界裡的網路中毒者，只是為了收集、整理而持續下載龐大的檔案一樣吧。他們根本就不在意檔案裡面有什麼東西。

根據卡迪娜爾在大圖書館裡面告訴過我的內容，烙印在亞多米尼史特蕾達靈魂上的原則是「維持地底世界」。她的話雖然正確，卻不算掌握所有的事實。

舊ＳＡＯ世界裡，初代Cardinal系統是沒有靈魂的管理程式，而它有把我們這些玩家當成人類……也就是有自我意識的生命嗎？

答案是沒有。

它只把我們當成應該管理、篩選以及刪除的檔案。

存在於遙遠過去的少女桂妮拉，或許真的沒辦法殺人。

但對現在的亞多米尼史特蕾達來說，人類已經不是人了。

「哎呀，怎麼大家都不說話了呢？」

在高處低頭看著我們的管理者以可愛的動作歪著頭這麼表示：

「我只不過是將區區三百個個體進行物質變換而已，你們不會因為這樣就嚇到了吧？」

「妳說區區……？」

卡迪娜爾以幾乎快聽不見的聲音這麼質問，而最高司祭則是傲慢地點頭回答：

「區區、些許、一丁點喲，小不點。在完成這個人偶之前，妳知道有多少搖光崩壞了嗎？說起來呢，它也不過是原型而已。如果要對抗討人厭的負荷實驗而量產完成型，應該需要一半左右喔。」

「妳說的……一半是……」

「一半就是一半啊。存在於人界的人類個體約有八萬，而他們的一半……就是四萬個體。有這麼多數量應該就足夠抵擋黑暗領域的侵略，並進攻對方的土地。」

輕鬆說出極為恐怖的內容後，亞多米尼史特蕾達便用銀色眼睛看向站在我左側的騎士。

「怎麼樣，這樣妳滿足了嗎，愛麗絲小妹？我確實守護了妳最珍視的人界喲。」

愛麗絲只能默默聽著對方發出調侃般的竊笑。

雖然注意到握住金木樨之劍劍柄的手已經在微微發抖，卻無法立刻了解讓她有這種反應的究竟是恐懼還是憤怒。

最後面從她嘴裡說出來的，是將情緒壓抑到極限的一個問題。

「……最高司祭大人。人類說的話您已經聽不進去了。所以，我要以一個神聖術師的身分請問您。構成那個人偶的三十把劍……其所有者究竟在哪裡？」

我一瞬間感到疑惑。解放三十把劍的記憶，讓其組成魔像的就是亞多米尼史特蕾達自己。因此雖然有點不符合原則，但我還是認為所有者應該就是最高司祭。

但是，愛麗絲接下來的話卻否定了我的推測。

「最高司祭大人不可能是所有者。就算可以打破每個人只能完全支配一把劍的原則，也絕對不可能逾越下一個原則。要解放記憶，劍和主人之間一定要有堅強的羈絆。像我和這把金木樨之劍、其他騎士和他們的神器，或者桐人、尤吉歐與他們的劍一樣。主人打從內心愛著自己的劍，而劍也必須愛著主人。司祭大人，如果形成這個人偶的劍是來自於無罪的人民——那麼這些劍就不可能愛著您！」

將話說完的愛麗絲，聲音在空氣中留下毅然的殘響。

這時打破寂靜的，是亞多米尼史特蕾達一直帶著謎團的笑聲。

「呵呵呵……稚嫩又愚蠢的靈魂怎麼會如此有生氣呢？就像剛摘下來的蘋果般酸甜的感情主義……讓我現在就想把它捏碎，然後把流出來的果汁喝個精光啊。」

鏡子般的眼睛像反映出她內心的激昂般，開始出現七彩光輝。

「但現在還不行，還不到那個時候。愛麗絲小妹，妳想說的就是，我沒辦法發揮出覆寫這些劍的想像力對吧。妳說得一點都沒錯。我的記憶皮層已經沒有多餘的空間可以記錄這麼多劍的細節了。」

最高司祭優雅指出去的前方，由三十把劍構成的魔像正持續一點一點地前進。

就我所理解，所謂的武裝完全支配術，是所有者將武器的外觀、質感、重量等所有情報記下來，並藉由指令的幫助讓想像力來改變武器的技能。

也就是說，要發動這個神聖術，不可或缺的條件是所有者將必須把劍的所有情報完整保留在記憶當中。

比如說如果我想使用黑劍的武裝完全支配術，首先要對照存在於LightCube Cluster中央共有記憶庫（Main Visualizer）裡的「劍的A情報」以及我搖光當中的「劍的B情報」，然後讓兩個情報在誤差無限小的情況下完全一致。這時候我才能藉由想像力讓B情報產生變化並覆蓋過A情報，同時也能夠和其他人共有它所產生的變化。剛才出現在我身體上的「變身現象」，也能以這個邏輯來解釋。

另一方面，亞多米尼史特蕾達的LightCube容量已經因為長達三百年的人生記憶而快到達極限了。所以應該不可能完整記憶下三十把劍的情報才對。雖然愛麗絲的質疑是出自於情感上的信念，但同時也明確地指出了系統上的限制。

這樣的話——構成那個魔像的三十把劍，果然是各有主人了。那些靈魂在LightCube裡擁有劍的記憶，同時也藏有如此強烈且凶惡的破壞意志。

但他們到底在哪裡？現在這個空間從各方面來看都與外界隔離了。也就是說，所有者們不在這個空間裡的話，這道理就講不通……

「答案就在小子們的眼前。」

亞多米尼史特蕾達忽然筆直看著我這麼說道。

然後又把視線往左邊移去……

「尤吉歐應該已經知道了喲。」

「…………？」

我屏住呼吸，看向站在愛麗絲對面的尤吉歐。

亞麻色頭髮的伙伴以失去血色的臉，一動也不動地凝視著最高司祭。

沒有表情到相當詭異的棕色眼珠，一邊不停地震動一邊朝正上方的天花板看去。

我也跟著他往上看。圓形的天花板上，有著以創世紀為主題的工筆畫，鑲崁在各處的水晶正不停閃爍著。

我之前一直以為天花板的畫與水晶都只是裝飾品。但是露出空虛表情的尤吉歐只有雙眼發出異樣光芒，然後死命往上盯著天花板看。

最後伙伴終於從他的嘴唇裡擠出沙啞的聲音：

「原來如此……是這樣嗎……」

「尤吉歐……你注意到什麼了？」

聽見我的問題後，尤吉歐便緩緩看向我，以極度恐懼的表情呢喃著：

「桐人……那些嵌在天花板的水晶……不只是裝飾品。那一定是從整合騎士身上奪走的……『記憶的碎片』啊。」

「什麼……」

我頓時說不出話來，而卡迪娜爾與愛麗絲則是各自發出驚訝的聲音。

整合騎士的「記憶的碎片」。

也就是藉由「合成祕儀」從變成騎士的人身上奪走的最重要記憶，而那些記憶幾乎都是與最愛的人之間的回憶。比如說艾爾多利耶是母親，而迪索爾巴德則是妻子。

也就是說——那些水晶就是構成魔像的三十把劍的所有者？

不對，那些水晶應該只是保存在搖光裡的片斷情報而已。所以不能和擁有思考能力的完整靈魂一概而論，因此也不可能和劍連結並且發動完全支配術才對。

等等——似乎有某種想法刺激著我的思緒。

水晶如果是所有整合騎士的記憶碎片，那麼其中應該也包含了騎士愛麗絲六年前接受合成時被奪走的記憶才對。

而這裡就是中央聖堂最上層。

兩年前，在盧利特村北方洞窟裡和哥布林部隊作戰時，尤吉歐受了重傷。在我替他療傷時，確實聽見了一道不可思議的聲音。

應該是來自於稚齡少女的聲音，告訴我她在中央聖堂最上層等著我和尤吉歐。同一時間就有大量的神聖力供輸到我身上，也因此治癒了尤吉歐。

如果那道聲音的主人就是愛麗絲的記憶碎片呢？那也就是說，從騎士身上被奪走的記憶本身也有獨立的思考能力囉？

但是所有神聖術都有接觸對象的原則。連亞多米尼史特蕾達本人，都沒辦法超越遠達七百五十公里的距離，從這座中央聖堂傳遞聲音與治癒力到盧利特村才對。

唯一就只有跟武裝完全支配術一樣的「事象的覆寫」邏輯才能夠造成這種奇蹟。這樣的話，保存在愛麗絲記憶碎片裡的回憶就是——就是……

這時卡迪娜爾如烈火般的吼叫聲打斷了我高速轉動的思考。

「原來如此……是這樣嗎！可惡的桂妮拉……妳這個傢伙，妳這個傢伙到底要玩弄人類到什麼地步！」

回過神來的我，馬上看見視線前方的銀髮支配者悠然露出微笑。

「哎呀，真了不起……我是不是應該稱讚妳一下呢，小不點？以一個偽善的博愛主義者來說，妳發現的速度倒是很快嘛。那我就再問一下好了，妳的解答是？」

「搖光的共通模式，我沒說錯吧！」

卡迪娜爾將右手的黑色手杖用力指向亞多米尼史特蕾達。

「只要把合成祕儀抽取出來的記憶插入裝載到新LightCube的精神原型裡，就能把它當成擬似人類的個體來使用。但是那種個體的智能極為有限……幾乎是只擁有本能性衝動的存在，所以不可能行使武裝完全支配術這種高等指令。」

我拚命試著去理解這一段相當困難的內容。

卡迪娜爾在大圖書館裡應該已經說過了。這個世界的嬰兒，是在新的LightCube裡載入新的精神原型，然後組合雙親的外型、思考、性向模式的一部分所製造出來。剛才說的基本上就跟這種程序一樣吧，然後是以從騎士那裡奪走的記憶碎片來取代由雙親那裡繼承的情報。

也就是說，在天花板上發出光芒的水晶……是將某個騎士的記憶碎片插入搖光後產生的嬰兒嗎……但如果是這樣的話，兩年前的「愛麗絲」又為什麼能跟我說話呢。剛生下來的嬰兒應該沒辦法說出那樣的話才對。

被無數問題困擾著的我，耳朵又聽見卡迪娜爾繼續開口的聲音。

「……但這個限制也有漏洞，就是插入搖光原型的記憶碎片與連結武器的構成情報原本就無限相近的模式。具體來說……」

這時候暫時中斷發言的賢者，用力以手杖的底端敲打地板並大叫：

「——整合騎士被奪走的，都是關於最愛的人的記憶。而妳就把他們最愛的人拿來做為製作巨劍的神聖力。是這樣沒錯吧，亞多米尼史特蕾達！」

一時之間的混亂還未消失，宛如能夠凍結全身的壓倒性恐懼與厭惡又襲向我。

劍的所有者是從整合騎士身上奪走的，某個心愛之人的回憶。

而劍就是所愛的那個人……比如說艾爾多利耶的母親、迪索爾巴德的妻子，另外跟她們血緣相近的親人可能也被拿來當成素材了。

卡迪娜爾所說的就是這麼回事。

過了一會兒後，尤吉歐和愛麗絲應該也理解卡迪娜爾的話了，只見他們同時發出驚訝的呻吟聲。

如果這是事實，那麼理論上的確有可能出現記憶解放現象。因為Main Visualizer中的A情報與搖光中的B情報是來自於同一存在。只要被插入記憶碎片的新生兒搖光，對連結的劍有什麼強烈的想法，就可能引起這種現象。

問題是究竟是什麼「強烈的想法」呢？那些記憶碎片就只有小嬰兒等級的思考能力，而究竟是什麼樣的衝動、什麼樣的感情在驅動著巨大的巨劍魔像呢……？

「是欲望喲。」

亞多米尼史特蕾達像是看透了我的疑問般，直接丟出這麼一句話來。

「想觸摸、想抱緊他人、想把其他東西占為己有，就是這種醜惡的欲望在驅動這個劍人偶喲。」

「呵呵、呵呵呵……」銀眼少女說完又發出竊笑。

「插入騎士們記憶碎片的擬似人格唯一的願望就是——把自己唯一記住的那個人變成自己的。被固定在天花板上的他們，現在就感受到渴望的那個人就在身邊。但是卻無法觸碰到對方，也沒辦法和對方合而為一。在瘋狂的飢渴當中，唯一能看見的就是阻礙自己的敵人。只要斬殺了這個敵人，就能夠得到自己渴望的某個人。所以才會戰鬥。不論受到什麼樣的傷害，或者被打倒多少次，都能站起來繼續戰鬥……怎麼樣？很棒的構造對吧？欲望這種力量……實在是太完美了！」

在亞多米尼史特蕾達的高亢聲調當中，逐漸接近的巨劍魔像雙眼也開始激烈地閃爍。

從它凶惡的全身所發出的金屬質共鳴聲——在我聽起來就像是絕望的悲鳴。

那個巨人並不是什麼渴望殺戮的自動兵器。

「想再見到唯一記得的那個人」——魔像只是充滿這樣的心情，並且被這種心情驅動的可憐迷途羔羊。

亞多米尼史特蕾達表示驅動魔像的力量是欲望。但我認為——

「…………妳錯了！」

宛如跟我的思考同步般大叫出來的正是卡迪娜爾。

「不要用欲望這樣的名詞來侮辱想再見到某個人、想用手摸摸對方的感情！這些——這些都是純粹的愛啊！是人類最大的力量與最後的奇蹟……絕不是像妳這樣的人能夠隨便玩弄的感情！」

「愚蠢的小不點啊，兩者根本一樣喲。」

亞多米尼史特蕾達的嘴唇因為喜悅而扭曲，接著又將雙手手掌伸向巨劍魔像。

「愛是支配……愛是欲望！但真要說起來，都只不過是從搖光輸出的訊號罷了！我只是有效地利用這擁有最強等級的訊號而已。比妳所使用的手段要聰明多了！」

支配者的聲音像是確信自己已經獲勝般高亢響起。

「妳最多就只能攏絡兩三個無力的小孩子，但我就不同了。如果把記憶碎片算進去的話，我所做的人偶可是充滿了三百個個體以上的欲望能源啊！而且最重要的是……」

剎那的寂靜之後，她拋出宛如致命毒針般的話來：

「……知道所有事實的現在，妳就絕對無法破壞這個人偶了。因為構成這個人偶的劍，是只改變了外形的人類啊！」

亞多米尼史特蕾達的宣言在空氣中殘留了好一陣子才完全消失。

我只能愕然凝視著卡迪娜爾將朝巨劍魔像舉起來的手杖慢慢放下的模樣。

卡迪娜爾接下來發出的聲音顯得異常沉穩。

「嗯……妳說得沒錯。我沒辦法殺人，這是我絕對無法突破的制約。為了殺掉妳這個非人的存在……整整花了我兩百年的時間來編纂出術式……看來我是白費工夫了。」

她竟然相當乾脆地承認了自己的敗北，我只能茫然聽著她的宣言。

但是如果巨劍魔像是活生生的人類，那麼卡迪娜爾確實無法奪走他的生命……不對，應該說她也不會這麼做。即使有把茶杯想成湯杯這種迴避行動限制的方法。

呵呵、呵呵呵呵……

亞多米尼史特蕾達的嘴唇揚到極限，像是要忍住哄笑般的喉嚨聲打斷了緊繃的空氣。

「怎麼會如此愚蠢……如此滑稽呢……」

呵呵呵……

「妳應該也知道這個世界的真相了。存在於這裡的生命，不過是一群可以覆寫的檔案罷了。但妳還是把這些檔案當成人類，遭受禁止殺人的制約所束縛……只能說是愚蠢至極……」

「妳錯了，桂妮拉，他們是人。」

卡迪娜爾以告誡般的口氣提出反駁：

「生活在地底世界的人們，全都擁有我們喪失的真正感情。無論是歡笑、悲傷、喜悅還是愛一個人的心。這樣不是人還能是什麼呢？靈魂的容器是LightCube還是生物腦，其實都不是根本的問題。至少我是這麼相信的，因此——我將帶著驕傲接受自己的敗北。」

她說出的最後一句話，在我胸口中央掏出了一個大洞。但真正讓我感到劇痛的，卻是她接下來所說的話。

「但是我有一個條件。我會把自己的生命交給妳……但相對的，妳必須饒了這幾個年輕人的性命。」

「…………！」

我屏住呼吸，準備往前踏出一步。而尤吉歐與愛麗絲則是全身緊繃了起來。但是由卡迪娜爾嬌小背部傳遞出來的堅強意志波動卻阻止了我們的行動。

亞多米尼史特蕾達像是準備對獵物伸出爪子的貓一樣瞇起眼睛，然後微微歪著頭說：

「哎呀……在這種狀況下，我就算接受交換條件又對我有什麼好處呢？」

「我剛才也說過了，我編纂了很久的神聖術。如果妳想戰鬥的話，我就算必須分心來封住那個可憐人偶的行動，還是可以削減妳這傢伙的一半天命。承受那麼多負荷的話，妳那所剩不多的記憶容量將會更加危險吧？」

「嗯、嗯～……」

臉上依然帶著微笑的亞多米尼史特蕾達把右手食指放在臉頰上，露出了思索的表情。

「雖然說早知道結果的戰鬥並不會對我的搖光產生威脅，不過還是很麻煩。妳所謂的『饒過他們』……把他們從這個閉鎖空間丟到下界的某個地方應該也算數吧？如果要我今後都不能對他們出手，那我就要拒絕妳的要求了。」

「不用，只要饒他們這一次就可以了。他們的話，一定……」

卡迪娜爾說到這裡就停住了。接著她翻動長袍的下襬轉過身子，以露出溫柔光芒的眼睛看著我。

我頓時想大叫別開玩笑了。我這暫時的生命怎麼能跟卡迪娜爾的真正生命相提並論。我甚至開始認真考慮著，乾脆直接朝亞多米尼史特蕾達殺過去來爭取讓卡迪娜爾離開的時間。

但我最後還是沒辦法這麼做，因為孤注一擲將會把尤吉歐與愛麗絲的性命也一起賠進去。

這時我的右手已經用力握住劍柄到有些發疼的地步，使勁的右腳也像是要把地板踏穿一樣。衝動與理性不停格鬥的我，耳朵又聽見亞多米尼史特蕾達的聲音。

「嗯，那好吧。」

美貌的少女露出無邪的燦爛笑容，然後優雅地點了點頭。

「這樣我也可以把有趣的遊戲保留下來對吧？那麼……我就對史提西亞神發誓吧，只要把小不點……」

「等等，不要對神明發誓，對妳這傢伙來說，唯一有絕對價值的就是自己的搖光……妳就向它發誓吧。」

聽見卡迪娜爾嚴厲打斷自己的聲音後，亞多米尼史特蕾達便在原本的微笑裡參雜了一些苦笑，然後再次點了點頭。

「好好好，那就向我的搖光，以及累積在裡面的重要檔案發誓。殺掉小不點之後，我會讓那三個人毫髮無傷地離開這裡。我絕對不會違背這個誓言……目前是這樣啦。」

「好吧。」

點頭同意的卡迪娜爾又注視了呆立在現場的尤吉歐與愛麗絲幾秒鐘的時間，最後又看向我。她稚嫩臉龐上掛著安穩的微笑，深茶色的眼睛裡則滿是慈愛的光芒，這時我已無法阻止充塞胸口的感情變成液體滿出來，使得視線變成一片模糊。

卡迪娜爾動著嘴唇，以幾乎聽不見的聲音呢喃了一聲抱歉。

站在遠方的亞多米尼史特蕾達則是以清澈的聲音表示：「再見了，小不點。」

最高司祭的右手輕輕一揮，逐漸走到房間中央的巨劍魔像立刻停下腳步。

她接著更高高舉起手來，手掌做出掌握某種東西的動作後，馬上有像是從空間滲出來般的光粒到處飛舞，最後凝聚成細長的形狀。

出現的物體是一把銀色細劍。不論是宛如針一般細的劍身，還是流麗造型的劍鍔，全都是完美的鏡子色。雖然就像裝飾品一樣的纖細，但是壓倒性優先度所散發出來的氣勢，卻讓我光是從遠方看就開始呼吸急促。

相對於卡迪娜爾的黑色手杖，這一定就是亞多米尼史特蕾達個人的神器——也就是支撐著她術式的最強神聖力來源了。

銀色細劍「鏘」一聲發出銀鈴般的聲音，然後筆直對準卡迪娜爾。

面向前方的賢者完全不害怕對準自己的神劍，開始以穩定的腳步往前走去。

愛麗絲與尤吉歐像是想追上去般身體往前傾斜，但我卻抬起左手來制止他們兩人。

老實說我也很想揮劍朝亞多米尼史特蕾達砍去。但流於感情的進攻只會白費了卡迪娜爾的決心與犧牲。因此我只能強忍眼淚，緊咬著牙關持續站立在原地。

低頭看著自己分身的亞多米尼史特蕾達，眼睛裡開始出現迷濛、狂喜的七彩顏色。

接著極細的劍尖就迸發出足以讓整間大房間染白的超大閃電，閃電隨及貫穿卡迪娜爾嬌小的身軀。

產生光暈現象而變得模糊的視線中央，小小的剪影像是彈起來般整個往後仰。

過於巨大的電擊能源燒焦空氣往外擴散，被壓力往後推的我則是拚命瞪大了眼睛。

年幼的賢者目前仍未倒下。雖然已經把身體靠在長手杖上，但雙腳還是穩穩地踩在地面，臉孔也以堅毅的表情往上看著遠方的仇敵。

但是身上的傷痕卻是讓人慘不忍睹。漆黑的帽子與長袍到處冒出燒焦的白煙，連光滑的茶色捲髮都有一部分已經燒成黑炭。

我們幾個人根本無法出聲，只能茫然待在現場，距離我們僅有五公尺的卡迪娜爾緩緩抬起左手，輕鬆地將燒焦的頭髮撥落。雖然聲音已經沙啞，但她還是清晰地說著：

「哼……妳的術式就只有這種程度嗎……這樣……妳不論轟多少次……」

喀啊——！

巨大聲響再次搖晃整個世界。

從亞多米尼史特蕾達的細劍裡迸發出規模超過剛才那一次的雷擊，再次貫穿卡迪娜爾的身體。

四角形帽子整個被轟飛，一邊飄散微小的碎片一邊消失無蹤。小小的身體因為疼痛而痙攣，往右邊晃動了一下後，在快要倒地前就先單膝跪地。

「小不點，我當然有手下留情啊。」

像是費盡心力才壓抑下心頭狂喜般的亞多米尼史特蕾達，所發出的呢喃聲讓傳出燒焦味的空氣產生振動。

「一瞬間就把妳收拾掉太無趣了，再怎麼說我等待這個瞬間也等了兩百年啊……！」

喀喀！

第三次的雷閃。

閃電劃出像鞭子一般的弧形，從上空直接擊中卡迪娜爾，然後把她的身體用力轟在地板上。高高彈起的剪影發出清脆的聲音後再次墜落，然後無力地躺在地面。

大部分的天鵝絨長袍燒焦並消失，底下的白色襯衫與燈籠短褲也燒開了幾個大洞。雪白的手腳肌膚上，到處都可以看見像黑蛇一般彎曲的燙傷。

卡迪娜爾的手指撐在地板上，稍微把身體往上抬了起來。

像是在嘲笑她擠盡最後一絲力氣才能做出這樣的動作般，再次出現的閃電變成橫掃而出。年幼的身形像斷了線的風箏一樣被轟飛，在地板上滾了好幾公尺。

「呵……呵呵……呵呵呵……」

遠方的高處，亞多米尼史特蕾達像是再也無法壓抑般發出了笑聲。

「呵呵、啊哈……啊哈哈……」

早已分辨不出眼白與虹彩的鏡子般雙眸，這時不停閃爍著炫目的七彩光芒。

「啊哈哈哈！哈哈哈哈哈！」

從隨著高笑聲一起舉起來的細劍前端——

不停地發射出好幾道雷擊，執拗地刺向已經不能動彈的卡迪娜爾。每次被擊中，嬌小的身軀就像皮球般彈起，她的衣服、肌膚、頭髮以及存在本身都被燒焦了。

「哈哈哈哈哈！啊哈哈哈哈哈哈哈！」

雖然亞多米尼史特蕾達因為惡魔的喜悅而扭動身體，瘋狂甩著銀髮並發出哄笑聲，但我的耳朵裡已經聽不見任何她的聲音。

我的雙眼不斷湧出淚水，視界也因此變得朦朧扭曲，但那絕對不是因為眼睛連續遭受閃光刺激的緣故。是因為在胸口肆虐的感情，只能找到這唯一的出口。

除了對生命在我眼前逐漸消逝的卡迪娜爾感到悲痛、對執行殘酷處刑的亞多米尼史特蕾達感到憤慨之外，最強烈的應該是對只能眼睜睜看著這一切發生的自己感到氣憤。

我甚至無法抬起手中長劍或是往前跨出一步。雖然內心不斷重複著就算是招致——卡迪娜爾平白犧牲這種最糟糕的結果，也要舉起右手的劍砍向亞多米尼史特蕾達的聲音，但身體卻像是石化了一般完全無法動彈。

而且我很清楚自己出現這種反應的理由。

如果說貫穿元老長裘迪魯金的那招，攻擊距離超越界限的奪命擊（Vorpal Strike）是來自我心念的力量，那現在讓我變成傀儡的也同樣是這種力量。

幾分鐘前對巨劍魔像發動攻擊的我，根本沒有砍中它就被反擊受到重傷。冰冷劍刃深深刺入身體內的感觸，在我內心留下強烈的敗北印象。足以讓我確信不可能再次在這裡喚醒「黑色劍士桐人」記憶的強烈恐懼完全綁住了我的手腳。

現在的我，無論遇上哪個整合騎士，不對，可能就算是對上修劍學院的練士們也無法獲勝吧。當然舉劍對最高祭司發動攻擊就更不用說了。

「……嗚……嗚咕……………」

我聽見從自己抖動的喉嚨裡傳出丟臉的嗚咽聲。

了解、接受自己的敗北後，還是昂首而立的卡迪娜爾即將在我眼前失去生命，但我卻想藉

由她的犧牲來換取自己的得救，老實說我實在很痛恨這樣的自己。

回過神來之後，發現站在左邊的愛麗絲已經咬緊牙根，而尤吉歐則是身體微微發抖並默默流著眼淚。雖然無法得知他們內心的想法，但至少可以知道他們也跟我一樣痛恨自己的無力。

就算可以逃離這裡好了，但像這樣留下心靈創傷的我們，到底還能夠做些什麼呢——

無法動彈的我們，看見前方的亞多米尼史特蕾達高高舉起細劍，這時劍身上已經帶著恐怕是最後且最大的閃電。

「那麼……我和妳之間長達兩百年的捉迷藏也差不多該結束了。再見了，莉賽莉絲。再見了，我的女兒……以及另一個我。」

因為狂喜而扭曲的嘴唇說出有些感傷的台詞後，最高司祭便揮下細劍。

變成幾千道光芒迸發出來的最後一擊，貫穿、燒焦並破壞了卡迪娜爾躺在地上的身體。

在右腳膝蓋以下碳化的部分開始變成無數碎片的情況下，賢者高高彈起，最後落到我的腳邊。立刻聽見一聲幾乎感覺不到質量的輕脆聲音響起。變成煤炭一般的身體四處飛散，融解在空氣中消失無蹤。

「呵呵呵……啊哈哈……啊哈哈哈哈哈！啊——哈哈哈哈哈哈！」

轉動右手上的劍，像跳舞一樣扭動上半身的亞多米尼史特蕾達，這時再次發出哄笑。

「看見了……我看見妳的天命正一點一點地消逝！啊啊，實在太美了……一滴一滴流失的天命，就像是最上等的寶石一樣……來吧，讓我欣賞最後一幕。我就特別允許你們做最後的告別吧。」

我像是遵從她所說的話一樣跪了下來，然後把手伸向卡迪娜爾。

少女的右邊臉孔已經燒成黑炭，左眼也閉了起來。但指尖所碰到的臉頰，還是能感受到生命快要消失前的一絲溫度。

我在下意識當中用雙手抱起卡迪娜爾的身體，將她摟在胸前。無法停止的眼淚也不斷滴在慘不忍睹的燒傷上。

尚未燒盡的睫毛微微抖動並抬起。即使快失去生命，卡迪娜爾的深茶色眼睛也還是充滿無限慈愛的光芒。

「桐人啊，別哭。」

這句話不是用聲音，而是以念力在我的腦袋裡響起。

「這種死法也算不錯了。我……根本沒想過……能在心靈相通的某個人懷裡死去啊……」

「對不起……真的很對不起……」

從我嘴唇裡說出來的話也幾乎沒有任何聲音。聽見我這麼說後，卡迪娜爾那奇蹟般沒有受到任何傷害的嘴唇便露出些許微笑。

「為什麼……要道歉……你應該還有……必須完成的使命吧。你和尤吉歐以及……愛麗絲……三個人……要拯救這個脆弱、美麗的世界……」

卡迪娜爾的聲音急遽遠離，身體也變得越來越輕。

忽然間，跪在我身邊的愛麗絲伸出雙手來包住卡迪娜爾的右手。

「一定會的……我一定會的……」

她的聲音與臉頰都因為不斷流下的眼淚而濕透了。

「我一定會把從您這裡得到的生命……用在完成您交待的遺言上。」

接著另一側的尤吉歐也伸出手來。

「……我也一樣。」

這時尤吉歐的聲音充滿了堅強的意志，讓我不敢相信他就是我那個內向溫柔的伙伴。

「我現在終於了解自己應該盡的使命了。」

但是——

他接下來說的話，卻完全超乎我、愛麗絲，甚至是卡迪娜爾的想像。

「而我該完成使命的時刻就是現在這個瞬間。我不會逃的，因為……我有必須要完成的任務。」

4

——無力。

——我為什麼如此無力。

在最高司祭亞多米尼史特蕾達以巨雷燒焦賢者卡迪娜爾的期間，尤吉歐心裡只有這樣的想法。

巨劍魔像明明會讓人想起暗之國裡的大惡魔，但竟然跟尤吉歐一樣是人類……這個事實雖然令人驚訝，但想到這種方法並加以實行的最高司祭才更加恐怖。但給尤吉歐最大打擊的，其實是對什麼都沒辦法做的自己所感到的絕望。

尤吉歐、桐人、騎士愛麗絲，以及黑蜘蛛夏洛特與賢者卡迪娜爾之所以會在中央聖堂最上層裡和最高司祭戰鬥，說起來都是源自於尤吉歐想把青梅竹馬愛麗絲·滋貝魯庫從公理教會救出去的願望。尤吉歐正是讓他們置身險地的人，所以他應該比任何人都要努力奮戰，也應該受最多的傷才對。

——但結果卻是這樣。

輸給亞多米尼史特蕾達的誘惑，被封印住記憶後，以整合騎士的身分對桐人揮劍。好不容易恢復自我，甚至不惜把桐人與愛麗絲冰封起來，然後獨自回到最上層想打倒最高司祭，但最後也無法成功。雖然在與元老長裘迪魯金的戰鬥裡以術式吸引了他的注意，但是對上巨劍魔像後就只能在旁邊看著夏洛特、桐人與愛麗絲被它打敗。

——我為什麼如此無力。

——愛麗絲的記憶碎片就在距離我短短十梅爾的上方……也就是畫滿工筆畫的天花板某處。但我卻沒辦法把它搶回來，還要卡迪娜爾犧牲性命來解救自己，然後被從中央聖堂裡趕出去。這就是我旅程的終點了嗎？

最高司祭一定會把尤吉歐、桐人以及愛麗絲各自丟到遙遠的地方去吧。而且被丟出去的地方不一定是諾蘭卡魯斯北帝國。最糟糕的情況下，自己可能永遠沒辦法再見到桐人，也不能回到盧利特村去了。得獨自在陌生的國度裡，過著一邊害怕公理教會派出來的殺手……一邊為自己的愚蠢與無力感到懊悔的生活……

告訴自己不能閉上眼睛的尤吉歐，就這樣拚命瞪著攻擊卡迪娜爾的雷光想著這些事情。

這時他終於注意到了。屈辱地接受被流放到異國……這正是最為罪孽深重的選擇。

最高司祭她這麼說了。她說要把生活在人界的一半人口，也就是四萬個人變成劍。然後大量製造那恐怖與可悲的怪物來與暗之國的軍隊作戰。

這也就表示，所有的家庭或情侶都會被拆散。就像艾爾多利耶與他的母親、迪索爾巴德與他的妻子，還有愛麗絲與滋貝魯庫家的人們那樣。

他們都將被變成醜惡恐怖的兵器。

自己絕對不能容許這麼不人道的事情發生。

——終止這個悲劇就是我被賦予的最後使命，我就是為此而在這裡。我沒有桐人和愛麗絲那樣的劍技，也沒有卡迪娜爾那樣的神聖術力量……但是，還是有我能做的事。有時間在這裡悲嘆自己的無力，倒不如趕快尋找戰鬥的方法。

依然站在現場的尤吉歐拚命思考了起來。

由於藍薔薇之劍有一半是由冰塊構成，所以說不定能突破可以阻擋所有金屬的障壁，但輕率地對最高司祭發動攻擊，也只會被對方用雷擊燒死，不然就是被巨劍魔像砍死而已。就算是使用記憶解放術，也只能暫時停止最高司祭的行動。

即使想先破壞巨劍魔像，也無法攻擊到它唯一的弱點，也就是胸部的敬神模組（Piety module）。而且就算能夠攻擊到，也必須準確地貫穿構成脊骨的三把巨劍之間僅僅一限的縫隙，此外還得穿越肋骨的劍刃攻擊。要做到這一點，就必須像最高司祭一樣擁有飛翔在空中的力量，以及能將銳利劍刃反彈回去的鎧甲。

如果能像在大圖書館裡短暫看見藍薔薇與永久冰塊的記憶時一樣，讓自己的身體變成不怕雷電或火焰……而且任何劍刃都無法破壞的堅硬冰塊，然後與劍合為一體。

瞬間……

尤吉歐用力瞪大了雙眼。

有方法可以實現這個願望，應該有才對。

但是就算實現了，還是需要另一種東西。那就是與驅動巨劍魔像同樣的力量，由記憶解放術所產生的奇蹟之力。

這時，尤吉歐忽然感覺——有人在呼喚自己的名字。

他就像被吸引過去一樣，看向大房間的天花板。

廣大的天花板上，除了中心部分之外，全都畫著以創世時代為題材的畫。

創造出人界的天空與大地的眾神，以及被允許生活在那裡的古代人民。最後天神們選出一名巫女，賦予她領導人類的責任。於是公理教會就此誕生，在央都中央建築了白色大理石高塔。

那和尤吉歐在大圖書館角落專心閱讀的創世紀內容完全相同，但這些可能全都是最高司祭亞多米尼史特蕾達為了支配人民所編造出來的故事。

在充滿虛假的天花板角落，可以看見一隻小鳥的工筆畫。小鳥的嘴上叼著麥穗，拚命地飛翔在空中。那幅畫是描述過去央都周邊的田地全都受到大貴族的嚴格管理，而有一隻藍色小鳥在把麥穗從大貴族田裡送到邊境後便疲累而死的故事。這是就算到了現在，還是覺得或許是真實的唯一一個故事。

鑲在那隻小鳥眼睛上的水晶發出了藍色光芒。

那是從以前就一直出現在尤吉歐身邊的光芒。是同年紀的金髮女孩，眼睛裡充滿生氣的光芒——

而尤吉歐這時候終於了解自己被賦予的使命。

5

尤吉歐……你到底在說什麼？

我一邊這麼想，一邊移動視線。

亞麻色頭髮的少年，我獨一無二的好友，艾恩葛朗特流劍士尤吉歐只短暫看了一下我的眼睛，然後隨著微笑點了點頭。接著就立刻把視線移回卡迪娜爾身上並開口說出想法：

「卡迪娜爾小姐，請用妳剩餘的力量，把我——把我的身體變成劍吧。就跟那個人偶一樣。」

可能是這句話把她的意識拉回來了吧——

卡迪娜爾幾乎失去光芒的眼睛微微張開。

「尤吉歐……你……」

「我們從這裡逃走的話……亞多米尼史特蕾達就會把世界上一半的人變成那種恐怖的怪物，絕對不能夠讓她那麼做。如果說最後還有什麼希望能防止這種悲劇發生，那就是在這個術式裡……」

尤吉歐露出了悟一切般的透明微笑，然後以雙手包裹住卡迪娜爾的左手，用呢喃聲詠唱：

「System call……Remove Core Protection。」

這是我第一次聽見的術式。

詠唱完的尤吉歐立刻靜靜閉上眼睛。

開始有紫色光線在他光滑的額頭上劃出宛如電線迴路般複雜的圖案。當我看著圖案時，光線已經從雙頰延伸到脖子，然後到雙肩、上臂並到達指尖。

光之迴路甚至還稍微入侵尤吉歐雙手握住的卡迪娜爾左手，然後前端像是正在那裡等待著輸入指令般閃爍著。

解除核心防壁（Remove Core Protection）。

我從式句內容了解到，尤吉歐已經將自己搖光的所有操控權交給卡迪娜爾了。雖然不知道他從何得知這樣的術式，但至少可以從那三句術式中感受到尤吉歐堅定的意志與覺悟。

接收到指令的瀕死賢者隨即張開完整的左眼與被燒焦的右眼，接著震動著嘴唇。尤吉歐令人戰慄的思緒，似乎已經透過肌膚傳達給卡迪娜爾。

「真的可以嗎……尤吉歐？不知道……能不能……變回原來的樣子喔。」

額頭與雙頰依然浮著光之迴路的尤吉歐，在閉著雙眼的情況下用力點了點頭。

「沒關係，這就是我的任務……也是我這一刻出現在這裡的理由。對了，最後得把這件事傳達出去才行。卡迪娜爾小姐……還有桐人、愛麗絲，金屬製的武器沒辦法傷到最高司祭。所以我才無法用拿到的短劍刺中她。」

「…………！」

聽見尤吉歐的呢喃後，我和愛麗絲都猛然吸了一口氣。

但是卡迪娜爾完全沒有驚訝的感覺——當然也可能是連這種力氣都沒有了——只是眨眨眼並點了點頭。這時尤吉歐再次輕輕轉動頭部，然後繼續表示：

「那麼……在亞多米尼史特蕾達注意到之前……就拜託妳了。」

「…………不行啊，別這樣，尤吉歐。」

我動著乾渴的嘴唇，好不容易擠出這樣的話來。

「因為如果不能復元的話……你……你的希望就…………」

就算贏得這場戰役，但尤吉歐若是沒辦法變回人類的模樣，那麼他八年來一直藏在心裡的願望……奪回愛麗絲，和她一起回到盧利特村的希望就沒辦法實現了。

這個世界能夠行使把人類肉體轉變成武器這種超高等神聖術的，就只有亞多米尼史特蕾達與卡迪娜爾兩個人。她們其中一個人是我們的死敵，而另一個人已經命在旦夕。這也就表示，即使能夠改變眼前的困境，可能也不存在能把他變回人身的術者了。

當我想繼續說下去時，帶著紫色光芒的尤吉歐一瞬間看向天花板，堅定地點了點頭。

「桐人，我沒關係。這是我應該做的事。」

「…………！」

我找不到該用什麼話來回應好友堅強的決心。

沒錯，現在的我還能夠說些什麼呢？

只因為一次敗北就被恐懼感侵蝕到骨子裡去，現在已經無法揮劍，甚至連往前走一步都辦不到的我，又有什麼資格說話呢？

於是我只能用求救的眼神看向旁邊的愛麗絲。

騎士的藍色眼睛裡，同時充滿了悲痛與敬意。兩天前在學院大講堂裡，臉上表情完全沒變的愛麗絲才用劍鞘擊打了尤吉歐這個罪人，但下一個瞬間，她卻對尤吉歐深深低下頭去。

在一直保持著沉默，而且幾乎要把嘴唇咬出血來的我的懷裡，依然睜開眼睛的卡迪娜爾輕輕點了點頭。

「好吧，尤吉歐。我就把生涯最後的術式……獻給你的決心吧。」

像是迴光返照一樣忽然變得有精神的聲音在我腦袋深處響起。

她忽然瞪大的棕色眼睛中央，可以看見紫色光芒。

這時從尤吉歐的手連結到卡迪娜爾手上的光之迴路開始發出強烈光芒。而光芒更一瞬間爬上尤吉歐的身體，來到他額頭上出現圖案的地方，接著就從該處溢出直達天花板的光柱。

「什麼……！」

這道聲音的主人，當然就是在遠方露出陶醉表情的亞多米尼史特蕾達了。勝利的餘韻一瞬間從臉上消失，銀色眼睛裡湧出憤怒感情的支配者立刻高聲叫著：

「妳這尚未死透的傢伙還想做什麼！」

說完便將右手的細劍對準我、尤吉歐與卡迪娜爾，而劍身也立刻出現純白閃電。

「別想得逞！」

大聲回話的是整合騎士愛麗絲。

天命殘量可能快到界限的金木樨之劍發出「鏘！」一聲後便開始分裂，成為黃金鎖鍊在空中飛舞。幾乎就在同時，震破耳膜的咆哮聲響起，巨大的雷電朝我們襲來。

鎖鍊前端碰上了純白閃電。能源奔流瞬間沿著鎖鍊一直線朝愛麗絲逼近。

但是這時黃金鎖鍊已經往她身後伸展，最後端的小劍刃插在地板上面。閃電無法離開即席的接地線，巨大能源全部流進整座塔裡，發出爆炸聲與白煙後就消失了。

愛麗絲將左手的食指對準亞多米尼史特蕾達如此宣言：

「雷擊對我沒有用！」

「不過是個騎士人偶……竟然敢說這種大話！」

歪著嘴唇丟出這麼一句話的支配者，再次浮現殘酷的笑容，然後高舉起白銀細劍。

「那麼……這招如何呢？」

「啵啵啵！」的聲音震動著空氣，劍身周圍隨即出現無數紅色光點。而且總數怎麼看都超過三十以上。如果這些全是熱素，那早就已經超過人類最多只能控制二十個素因的極限了。

剛才與裘迪魯金的戰鬥裡，就已經知道金木樨之劍的完全支配術比較不擅長抵擋形狀不固定的火焰攻擊。但是黃金騎士依然沒有退縮的模樣，她的右腳甚至還往前踏出一步，以靴子的鞋跟用力踩在地板上。像是感受到主人的決心一般，變成鎖鍊狀的小劍刃們也發出尖銳的金屬聲並分離，最後整齊地排列成網狀。

在兩者對峙的期間，包圍尤吉歐的紫色光線也不斷增加強度。

忽然間，尤吉歐的身體完全失去力量。但是卻沒有倒下來，反而開始飄浮在空中。閉起眼睛，水平飄浮起來的尤吉歐，身上所有的衣服像蒸發一般消失了。

從額頭上升起的光柱一直來到天花板。結果天花板上的工筆畫之一——飛翔在太古時期天空的小鳥，眼睛上的水晶就像在回應光柱一般發出炫目光芒。

埋在天花板裡的三十幾個水晶，也就是從整合騎士身上奪走的記憶碎片，應該全都以巨劍魔像「所有者」的身分操控著魔像才對。但是小鳥的水晶卻像是有心跳一般，一邊發出強力光芒一邊離開天花板，最後在光柱裡往下降。

那顆水晶——

難道是，不對，一定就是騎士愛麗絲的記憶碎片了。

我本來推測愛麗絲在合成祕儀裡被奪走的是關於妹妹賽魯卡的記憶。但如果是這樣的話，兩年前賽魯卡應該就被盧利特村的教會強行帶到中央聖堂，然後在這個房間裡被變成劍了。

如果不是賽魯卡的話……那個水晶裡保存的究竟是關於誰的記憶呢？

在我胸中肆虐的問題沒有獲得解答，雙尖六角柱造型的水晶靜靜地降了下來。這時橫躺在地板上的藍薔薇之劍也浮到空中，轉了一圈後就在劍尖對準尤吉歐心臟的情況下停了下來。尤吉歐經過鍛鍊的身體、藍薔薇之劍清澈的劍身以及透明的水晶六角柱就這樣排成一直線。

同時，遠方的亞多米尼史特蕾達隨著尖叫揮下細劍。

「都給我燒成灰燼吧！」

飄在細劍周圍的三十個熱素融合在一起，變成巨大火球發射出來。

「不是說過……不會讓妳得逞了！」

愛麗絲再次以凜然的聲音回吼對方，接著把右手朝旋轉的火焰伸去。

整齊排在空中的十字小劍刃一瞬間凝聚起來，在她手中形成巨大盾牌。騎士把身體靠在盾上後隨即往地板一踢，然後朝劇烈燃燒的火球衝了過去。

雙方產生強烈的碰撞。

短暫寂靜過後……

產生了足以讓整個閉鎖空間搖晃的爆炸。大房間裡充滿狂暴的熱氣、閃光以及衝擊波，同時也將鋪在地板上的大部分絨毯都燒光了。甚至連在遠處停下腳步的巨劍魔像都猛烈搖晃了起來，而更後方的亞多米尼史特蕾達則是用左臂遮住臉孔。

但是被愛麗絲盾牌守護住的我就只是稍微屏住氣息而已，飄浮在空中的尤吉歐以及我懷裡的卡迪娜爾也沒有受到爆炸的影響。

幾秒鐘後，襲捲大房間的火焰就像作夢般消失得無影無蹤——

而愛麗絲則是在發出沉重的聲音後墜落在爆炸的中心點。遲了一會兒，恢復成原來模樣的金木樨之劍也像是失去力量般插在主人身邊。

愛麗絲白色與藍色的騎士服上出現多處燒焦的痕跡並冒出白煙，手腳上有相當大範圍的燒傷，一看就知道損失了許多天命。不知道是不是已經失去意識，騎士再也沒有站起來，但是在她爭取到寶貴的幾秒鐘裡，卡迪娜爾最後的術式終於快完成了。

尤吉歐包圍在紫色光柱裡的身體失去了實體，變成透明的模樣。而胸口中央的藍薔薇之劍也同樣變得透明，像是被吸進去一般和他融合在一起。

接著再次發出強烈閃光。

我忍不住瞇起雙眼，這時頭上尤吉歐的身體變成無數的光之緞帶解了開來。然後如漩渦般再次集合、凝聚。

最後飄浮在空中的，已經不是人的身體了。

那是一把藍得宛如純白的劍刃，以及有著十字劍鍔的巨大長劍。

劍身長度、寬度跟尤吉歐原本的身體差不多。其優美的線條從底部開始往前延伸，最後集結在銳利的劍尖。浮遊在空中的水晶靠近劍身中央隆起部分的一道小溝，發出喀嘰一聲後鑲崁了上去。

卡迪娜爾的左手至此失去力量，啪一聲落到了地上。

賢者的嘴唇微微震動，最後的式句像微風般傳了出來。

「Release……recollection。」

發出「鏘——！」的尖銳聲音後，雙尖六角柱——愛麗絲的記憶碎片綻放出刺眼的光芒。尤吉歐的劍也像是要回應它一樣，從劍身發出輕脆的聲音，然後往更高處飛去。

現在純白的大劍就以跟巨劍魔像同樣的原理自己動著。也就是由人類身體鍛造出來的劍，以及其所有者的記憶碎片，再加上連結兩者的——愛的力量。

但巨劍魔像與尤吉歐的劍之間還是存在一個不同的要素。

也就是亞多米尼史特蕾達埋在巨劍魔像心臟部位的紫色三角柱——敬神模組（Piety module）。那正是扭曲驅動魔像的愛之力，讓它開始進行殺戮的元凶。

「可惡的莉賽莉絲……竟然做出這種多餘的事……！」

亞多米尼史特蕾達就像是討厭大劍綻放出來的光芒般把臉別過去開口大叫：

「就算妳模仿我的術式……光憑那麼一把破劍，依然無法對抗我的殺戮兵器！看我一擊就把它折斷。」

亞多米尼史特蕾達的左手一揮之下，之前一直保持沉默的巨劍魔像雙眼立刻再次發出藍白色光芒。它巨大的身軀一邊發出「嘰——」的刺耳金屬聲，一邊開始快速前進。

尤吉歐的劍無聲地水平迴轉劍身後，把劍尖筆直地對準身軀高達五公尺的巨人。

白色劍身變得更加閃亮，周圍甚至可以看見光粒飛舞。

下一刻，大劍發出宛如銀鈴般的聲音飛翔而去。純白的光芒也像彗星一樣在空中拖出長長軌跡。

「……真是美麗……」

卡迪娜爾在我懷裡發出細微的念力之聲。

「人的……愛。以及意志所綻放的光芒……真是……太漂亮了……」

「嗯……是啊。」

雙眼再度湧出淚水的我對她這麼呢喃道。

「桐人……接下來就拜託你了……幫我……守護這個世界的……人民……」

卡迪娜爾以最後剩餘的力氣轉動頭部，用清澈的眼睛凝視著我，臉上露出安穩的微笑。

看見我默默點頭之後，身為世界最強賢者的年幼少女就緩緩閉上眼睛，輕輕呼出一口氣——然後就再也沒有呼吸了。

我一邊強忍住嗚咽，一邊感受雙臂裡輕微的重量越來越單薄。

在彩色朦朧的視界裡，繼承卡迪娜爾遺志的純白色大劍一邊拍動光翼一邊筆直地飛去。

黃金巨人兵像要迎擊它一般，把雙手的大劍以及肋骨的小劍全部張開。帶著黑暗氣息的無數劍刃變成凶惡的利牙發出光芒。

純粹比較優先度的話，由尤吉歐一個人的身體與藍薔薇之劍形成的大劍，當然不可能對抗由三百人轉換而成的魔像。

但就算是這樣，尤吉歐的劍還是更加快速地朝等待著自己的劍刃群飛去。

它的劍尖對準的正是魔像身體中央由三把劍所構成的脊骨——從中央部位劍與劍的縫隙當中透出來的紫色光芒。

也就是敬神模組（Piety module）。

瞬時之間，黃金與純白撞擊在一起。白色與黑色光芒互相糾纏、旋轉、炸裂。

魔像發出類似野獸咆哮的多重金屬聲，然後一口氣交叉雙手與肋骨的劍刃。

但是白劍已經搶先一步深深貫穿脊骨上極為細微的縫隙。

我的耳朵立刻聽見一陣輕微的破碎聲。從脊骨透出來的紫光變成無數碎片爆散開來。

白色大劍貫穿之處出現的透明光輝，開始包圍之前一直由黏液質的黑暗連結起來的三十把巨劍。

那種光景，就好像尤吉歐與愛麗絲的愛正在療癒被迫分離的可憐戀人們。

由「嘰——！」的不協和音所構成的臨死悲鳴，立刻就被調整為清澈的共鳴聲，最後形成美麗的樂聲擴散開來。

下一刻，把我們逼入絕境的殺戮兵器身上的劍開始各自分離，然後朝四處飛散。

一邊旋轉一邊高高飛起的巨劍們，在空中劃出三十道拋物線，最後全部隨著轟然巨響插在大房間的外圍部分。

而我的背後也有一把巨大劍刃宛如墓碑般屹立在那裡。那無疑是魔像貫穿我身體的左腳，但原本纏在四周圍的黑暗氣息已經完全消失，現在只是普通的冰冷金屬而已。

天花板上那些驅動魔像的水晶也在不規則的閃爍後越來越暗淡，最後完全失去光芒。雖然不清楚「他們」的意識究竟怎麼樣了，但至少可以知道亞多米尼史特蕾達以他們的感情做為能量來源的武裝完全支配術已經被破解，而且應該再也無法重現了。

一擊就將巨劍魔像分解的白色大劍目前依然橫躺在空中灑下點點光粒。

愛麗絲的記憶碎片在劍身中央發出光芒。這時我就像獲得突如其來的天啟一般，了解保存在內部的究竟是什麼。

整合騎士有三十一人，組成巨劍魔像的劍有三十把。從能夠和尤吉歐的劍融合這一點，就能知道唯一未被使用的正是愛麗絲的記憶碎片。

那麼，為什麼亞多米尼史特蕾達沒有製造與愛麗絲的記憶成對的劍呢？

一定是因為愛麗絲的記憶……被封在裡頭的愛實在太過龐大了。幼年愛麗絲所愛的不但有尤吉歐、賽魯卡、雙親、生活在村子裡的所有人，甚至是盧利特村本身與自己和心愛的人們接下來要共同度過的時間。

就算是最高司祭，也沒辦法把時間與空間轉換成物質。所以亞多米尼史特蕾達才沒辦法製造與愛麗絲連結的劍。

正因為這樣，愛麗絲與尤吉歐製作出來的劍，才能發出如此美麗的光芒。

「嗯……真的好漂亮。」

我用力抱緊卡迪娜爾的遺骨，對著她離開地底世界與現實世界，出發到遠地旅行的靈魂這麼呢喃道。

雖然沒有任何回應，但能感覺到雙臂中的嬌小身體被微弱的燐光包圍。而那種光芒與白劍綻放的奇蹟之光都帶有完全相同的清淨感。

卡迪娜爾，或者可以說名為莉賽莉絲的少女雖然多次聲稱自己只是程式，但我深信這正證明了她也是一個擁有真正感情與愛情的人類。

燐光伴隨著些許溫暖滲進我冰冷的身體當中，同時遺骨的存在感也急遽變淡。最後變成朦朧的透明開始分解，成為純白光彩後逐漸消失。

照亮隔離空間的每一個角落，將其淨化的光之波動——

直接被像是要拒絕淨化般的聲音化成刀刃撕裂了。

「這小不點，臨死前還做了這種討人厭的掙扎。害我寶貴的愉快記憶受到了損傷。」

即使最後的王牌被破壞，亞多米尼史特蕾達依然不改傲慢的態度，嘴唇上也浮現出冷笑。

「——但是最多也只能破壞一個原型罷了。之後我可以製造幾千、幾百個那種東西。」

雖然她跟卡迪娜爾幾乎算是同一個人，但一邊讓左手指尖延著純銀細劍往上爬一邊說著大話的模樣，卻是充滿著可能真的失去任何感情的無機質。有著光輝白瓷般肌膚與炫目銀髮的肢體上，纏繞著一股宛如瘴氣的黑色波動。

我身體深處名為恐懼的冰冷大蛇也再次揚起頭來，這讓我在下意識當中握緊了已經變空的雙手。

雖然以為是無敵的巨劍魔像已經被破壞，但是付出的代價實在太大。因為我們失去了這個世界唯一能對抗亞多米尼史特蕾達超絕力量的賢者。

相對於無法出聲，只能抬頭看著最高司祭的我——

持續飄浮在空中的尤吉歐之劍發出清脆的聲音，然後把劍尖筆直對準最大最後的敵人。

「哎呀。」

亞多米尼史特蕾達鏡子般的眼睛瞇了起來，接著開口呢喃著：

「小子，你還想戰鬥嗎？只不過是趁隙把我的人偶毀掉，竟然就自大起來了？」

不知道變成大劍的尤吉歐能不能聽懂她所說的話。但是純白劍刃完全沒有晃動，依然將尖銳的劍尖對準最高司祭。纏在劍身上的光輝再次變強，「鏘——」的振動聲也提高了頻率。

「……快住手啊，尤吉歐。」

我一面擠出沙啞的聲音，一面把左手伸向發出光芒的劍。

「不要……不要獨自行動！」

我在燙傷般的焦躁感驅使下，以無法使力的腳在燒焦的地板上用膝蓋爬著。劍上灑下來的光粒被我拚了命伸出去的指尖碰到後立刻彈開消失。

下一刻……

大劍的劍柄部分再次張開光翼。白色大劍用力拍動著它們，一直線朝亞多米尼史特蕾達猛衝。

支配者的珍珠色嘴唇露出凶惡的笑容。隨著摩擦聲揮落的鏡之細劍，發出跟燒殺卡迪娜爾時相同，甚至是更強烈的雷光來迎擊逼近的光之劍。

劍的尖端觸碰到閃電的瞬間。

比破壞巨劍魔像時更加巨大的衝擊波，劇烈地撞上在遠處以膝蓋撐著身體的我的全身。

我雖然縮起身軀，但還是將眼睛瞪大到極限，我看見亞多米尼史特蕾達的閃電被撕裂成無數細線。

隨著「磅——！」一聲巨響飛散的閃電在大房間各處引起小規模的爆炸。光劍一邊由正面破壞超高能源激流一邊繼續飛翔。白色劍身的表面出現細微裂痕，然後不停地灑下碎片。這些全都是尤吉歐的身體與生命啊。

「尤吉歐！」

但我的叫聲卻被瘋狂的暴風給掩蓋過去了。

「小鬼……！」

笑容從亞多米尼史特蕾達的嘴唇消失了。

終於來到雷擊源頭的白色大劍，劍尖準確地撞上了細劍跟針一樣細的前端。

立刻產生了超高頻率的共振現象，讓整個封閉空間震動了起來。支持亞多米尼史特蕾達神力的神聖力源頭——銀色細劍，以及尤吉歐與藍薔薇之劍融合之後的白色大劍互抵了一陣子。

外表上看起來像完全靜止狀態，但我全身都感覺到那不過是下一次破壞的前兆。

最後發生的現象，感覺就如同把播放速度降到極限的慢動作影像一樣。

亞多米尼史特蕾達的細劍破裂成無數碎片。

白色大劍也灑下光粒斷成兩半。

一邊旋轉一邊飛出去的前半段劍身，直接安靜地從肩口砍下了亞多米尼史特蕾達的右臂。

最後聲音與震動終於追上無聲烙印在我的視網膜上的光景。

從粉碎的細劍湧出的龐大神聖力引起了七彩色大爆炸，並且波及整個大房間。

「尤吉歐————！」

我的慘叫聲再次被瘋狂肆虐的巨大電磁雜音般的爆炸聲所吞沒。襲來的衝擊波猛然撞上我的身體，將我整個人轟飛到南側窗戶邊。

靠著插在地上那一些幾分鐘前仍是魔像一部分的巨劍撐過衝擊波後，搖搖晃晃地站起來的我所看見的是——

雙腳站在地板上，以左手壓住右肩傷口的亞多米尼史特蕾達。

她的腳邊則橫躺著兩塊巨大的碎片。

折斷的尤吉歐之劍依然帶著些許光芒。

但是在我茫然注視之下，光芒就像心跳一般閃爍並且變暗，最後完全消失。

白色大劍的斷片同時失去實體，緩緩變回人類的模樣。

劍尖到劍身中央部分的碎片變成下半身。

包含十字劍鍔在內的碎片則成為上半身。

尤吉歐閉著雙眼，右手握著放在胸口上的水晶六角柱。就在亞麻色頭髮與牛奶色肌膚逐漸取回人的質感時……

斷成兩半的身體也開始溢出大量血液，瞬間就讓亞多米尼史特蕾達的裸足浸在血泊當中。

「啊……啊……」

我好像從什麼遙遠的地方聽著由自己喉嚨發出的沙啞聲音。

世界幾乎失去所有的色彩，氣味、聲音也被稀釋到極限。

在無感覺的世界中央，只有持續擴散開來的血液擁有讓人發冷的鮮紅色。這時某樣發著光的物體，掉落到躺在深紅血海當中的尤吉歐身邊。

咚一聲插在血泊中並引起一陣漣漪的，是一把纖細的藍銀色長劍——藍薔薇之劍。外表看起來毫無傷痕的樣子只有一瞬之間，接著傳出「喀鏘」的破碎聲，下半部劍身也變成冰晶破碎飛散。

劍的上半部在失去支撐後緩緩傾倒，最後跌落在尤吉歐的臉旁邊。四處飛濺的血滴碰到尤吉歐的臉頰並滑落。

我搖搖晃晃地往前走了兩三步，然後雙膝跪地。

依然瞪大著空虛雙眼的我，像是要靠卡迪娜爾殘留在雙臂上的體溫來安慰自己般，用力抱緊了身體。但是那些許溫度根本無法掩蓋在我內心擴散開來的虛無。意識、肉體甚至連靈魂都像被掏空了一樣。

讓這一切就此結束吧。

這樣的想法像泡泡一樣從虛無的深淵浮上、破裂。

我們，不對，應該說我在各方面都已經失敗了。

現在我還待在這裡的唯一原因，不就是為了要把尤吉歐的靈魂解放到現實世界嗎？但我卻因為尤吉歐的犧牲而保住了性命，然後像這樣無力地蹲在這裡。明明我就算在Underworld喪生，也只是會登出回到原本的世界而已啊。

——接著我只想像電影終幕那樣從這個世界裡消失。

——不想再看或是再聽到什麼了。

這時我只求自己能夠迅速地被消滅。

但是……

地底世界也是另一個現實，而它的支配者也不是會隨著壞結局畫面停止的程式。

站在血海當中的亞多米尼史特蕾達，失去表情的蒼白容顏上浮現些許感情的色彩，但馬上又消失無蹤。從她嘴唇裡流出的美麗聲音搖晃著大房間的寂靜。

「自從兩百年前和莉賽莉絲對戰過後，我就沒受過這麼重的傷了。」

從她的呢喃聲裡能聽出些微讚嘆之意。

「尤吉歐的身體轉換而成的劍……就優先度來看，根本無法對抗我的『銀輝永恆』，結果真令人意外。而且沒看出劍並非金屬屬性也是我的失誤。」

從右肩傷口不停滴落的血滴，在腳邊的紅色水面上引起漣漪。亞多米尼史特蕾達用左掌接住血滴後，隨即把它們變成幾個光素放到傷口上。切斷面一瞬間癒合，然後被光滑的皮膚覆蓋過去。

「那麼……」

結束急救程序的支配者隨即眨了眨長睫毛，然後以鏡子般的眼睛看著我。

「對面的小子，最後剩下來的竟然是你，老實說還真讓我有點意外。雖然對於你在沒有管理者權限的情況下，究竟到這裡來做什麼有一丁點興趣……但我已經膩了，現在很想睡覺。事情經過之後再問『那個人』就好，現在就用小子的血與悲鳴來為戰鬥劃下句點吧。」

閉上嘴巴後，亞多米尼史特蕾達就像完全不受失去一隻手臂的重傷影響一般，開始以優美的動作往前走。她跨過尤吉歐斷成兩半的身體，在大理石地板上留下血腳印朝我靠近。

少女一面走，一面把左手往旁邊伸去。結果立刻從後方輕輕飛過來一個白色物體。那是她纖細的右臂——被尤吉歐的劍砍飛的一部分身體。

原本以為亞多米尼史特蕾達要把手臂接回去，但是握住自己手臂手腕處的她，只是把手臂拿到臉面前輕輕吹了口氣。下一個瞬間，紫色光芒包圍她的斷臂，然後隨著金屬質震動聲開始進行物質組成變換。

最後出現的是一把造型簡單，但有著優美劍身的銀色長劍。

雖然沒有被破壞的細劍那麼完美的鏡面，但是亞多米尼史特蕾達是擁有世界最高權限的人，我想把她手臂拿來當成神聖力的劍，應該具有一擊把我腦袋砍下來的能力才對。

死亡隨著輕微的腳步聲靠近，而我依然跪著等待。

幾秒鐘後就來到我面前的亞多米尼史特蕾達，即使失去一條手臂，依然能用充滿光輝的美麗容顏俯視著我。

我往上看的視線與鏡子般眼睛放射出來的彩色目光互相碰撞。

少女的雙眸裡帶著一丁點笑意，然後用溫柔的聲音呢喃：

「該告別了，小子。將來有機會，在對面再見吧。」

長劍一邊反射月光，一邊往下揮落。

如剃刀般銳利的劍刃在空中劃出藍色軌跡朝我的脖子逼近。

剎那間……

一道人影衝到我面前。

長長的頭髮在空中飛揚。

我只能呆呆望著全力張開雙臂的女騎士滿身瘡痍的背部。

我曾經……

看過這幅景象。

我到底……

要重複……

多少次——

——同樣的錯誤呢！

宛如閃光般的思考讓時間一瞬間停了下來。

失去聲音與顏色的黑白電影世界裡，突然連續發生了幾件事情。

一隻小小的手靜靜地碰了一下我無力下垂的右臂。

溫暖的手掌稍微融化了充滿我全身的冰冷恐懼與放棄掙扎的心情。

不過負面情緒並非就此消失。

但小手的主人卻對我低聲表示可以肯定這樣的軟弱。

——不用一直獲勝也沒關係。即使哪一天被擊倒、打敗了，只要把心、意志傳承給某個人就可以了。

——至今為止和你共度過一段時間，然後離開的所有人應該都是這麼想的。當然，我也是一樣。

——那麼，你應該還能為了守護某個心愛的人……

——而站起來才對。

我感覺從身體，或許可以說意識深處發出來的熱量，就像光之迴路朝著結凍的搖光伸展而去一樣。

熱量從胸口中央通過右肩到達手臂，最後來到指尖。

僵硬的五根手指被像是快燃燒起來的熱氣所包圍。

右手立刻以過去從來沒有過的速度移動，緊緊抓住滾落在旁邊的黑劍劍柄。

然後時間再次動了起來。

亞多米尼史特蕾達的銀劍朝為了保護我而張開雙臂站在那裡的騎士愛麗絲左肩口砍下。

銳利的劍刃撕裂她燒焦的騎士服袖口，準備砍進雪白肌膚裡的瞬間。

隨著站起身子的我揮出去的黑劍劍尖在千鈞一髮之際從斜下方迎擊銀劍，迸發出劇烈火花。

產生的衝擊將亞多米尼史特蕾達整個人往後方推去，把她推離我與愛麗絲身邊。

以左手抱住倒到胸前的愛麗絲，並且再次被轟飛到窗邊的我，立刻用力站穩腳步，避免劇烈撞上玻璃窗。把頭靠在我右肩上的愛麗絲稍微把臉轉向左邊，以藍色眼睛看著我。

「什麼嘛……」

臉頰上雖然還有抵擋亞多米尼史特蕾達的火焰攻擊時留下來的明顯燙傷，但騎士還是稍微露出笑容，以沙啞的聲音呢喃道：

「明明……還能動不是嗎？」

「……是啊。」

我也拚命擠出笑容來回應她。

「接下來就交給我吧。」

「嗯……就交給你了。」

說完這句話後，愛麗絲再次失去意識，雙膝直接跪了下去。

我用左臂撐著騎士的身體把她放到地板上，接著再將她的背部靠在玻璃窗上面，最後用力吸氣站了起來。

——接下來就交給我了，妳好好休息吧。

——我會把從夏洛特、卡迪娜爾以及尤吉歐那裡得到的生命……傳承到妳身上。

現在應該做的，就是無論如何都要讓愛麗絲逃離這個隔離空間。因此我必須和亞多米尼史特蕾達戰鬥，就算不能獲勝也要跟她同歸於盡。即使四肢被砍飛、心臟被貫穿，甚至頭被切斷也一樣。

有了如此覺悟的我抬起視線來看著敵人。

亞多米尼史特蕾達臉上已經幾乎沒有笑意，這時正凝視握著劍的左手。可能是剛才的衝擊讓她受傷了吧，只見她看起來相當柔軟的手掌上有一處紅色擦傷。

「……這下連我都開始覺得不高興了。」

她以極低溫的聲音丟出這麼一句話。

朝我看來的鏡子般眼睛也像結了一層霜一般冰冷。

「你們到底是怎麼回事？為什麼要漫無目的醜陋地掙扎呢？戰鬥的結果明明很清楚了啊。結局既然已經固定，那麼過程究竟有什麼意義呢？」

「是要卑躬屈膝而死，還是要握劍奮戰而死，這樣的過程才是最重要的。因為……我們是人類啊。」

我一邊這麼回答，一邊閉起眼睛，再次拚命想著自己過去的模樣。

到目前為止的漫長時間裡，我一直以「黑色劍士桐人」的自我印象來侷限自己。我的這個分身就像咒縛一樣——持續告訴著我絕對不能失敗，只要失敗就將失去所有歸屬，所以我打從心底畏懼著它。

但我現在必須從這樣的畏懼與執著當中解放出來。

睜開眼睛之後，長長的瀏海已經蓋住眼睛。以戴著半指手套的左手把它撩起來後，我便翻動黑色皮革長大衣，架起右手的長劍。

站在稍遠處的亞多米尼史特蕾達輕輕皺了一下眉頭，然後才浮現與奪走卡迪娜爾性命時十分類似的殘酷笑容。

「全身漆黑的模樣……簡直就像黑暗領域的暗黑騎士。好吧……既然你這麼想承受痛苦，那我就給你又漫長又淒慘的命運吧。悽慘到讓你會想要懇求我快點殺了你的命運。」

「光是那樣……還不足以彌補我的愚行。」

低聲說完後我便沉下腰部，瞪著最高司祭左手握住的銀色長劍。

之前已經體驗過許多次亞多米尼史特蕾達的神聖術所帶來的超絕威力，但是神聖力的來源——名為「銀輝永恆」的純銀細劍已經被破壞的現在，她應該無法連續發動高優先度的神聖術了吧。所以她才會把自己的手臂轉換成劍。

雖然我也希望能進行劍與劍的戰鬥，但敵人的劍技卻完全是未知數。進攻的形態可能也跟整合騎士一樣，以單發的大技為主要武器，但在中央聖堂第八十層和愛麗絲戰鬥之後，我就知道絕對不能看輕這類型的劍士。

武器的優先度上應該是我居於劣勢，多次互擊之下，黑劍可能會耗盡所剩不多的天命。只能想辦法緊貼在亞多米尼史特蕾達身邊，然後用她應該不知道的連續技來找出勝機。

打定主意後，我便為了衝刺而將重心更加往下沉。往前伸的右腳與往後拉的左腳都重重踩在堅硬的地板上。

與我對峙的亞多米尼史特蕾達則是一臉輕鬆地站著，然後將左手的劍高舉在後方。最高司祭果然擺出傳統流派海伊．諾魯基亞流的姿勢。她準備施放的，應該是沉重且快到不可能擋下來的必殺一擊吧。我必須想辦法迴避這記攻擊，然後鑽進她懷裡。

「……………」

我用力吸了口氣，將力量集中到腹部。

亞多米尼史特蕾達的劍稍微晃動的瞬間，我用力往地面一踢向前衝去。

敵人的長劍上帶著藍色光輝。看出她使出來的祕奧義，不對，劍技是「垂直斬」後，我的左腳便用力一踩，將突進的軌道往右邊錯開。由於垂直斬是單發斬擊，所以只要逃到外側敵人就很難追擊。

銀色長劍拖著藍色軌跡，以恐怖的速度朝我逼近。我立刻將身體往左邊側來拚命避開劍尖。隨著身體劇烈飄揚的大衣衣襬隨即被一直線砍斷。

——躲開了！

我接著又用右腳全力往地面踩去，一邊將突進的軌道拉回來，一邊揮出右手的劍——

但是……

亞多米尼史特蕾達劍上的光輝還沒有消失。

「嗚………！」

正因為驚訝而發出喘息聲時，快要揮盡的劍忽然以無視慣性的動作，加快速度從腳邊往上彈起。這時我已經無法迴避了。只能將揮到一半的劍拉回來，死命讓它進入斬擊的軌道當中。

「鏘————！」一聲強烈金屬聲過後，隨即迸發出大量火花。雖然成功擋下斬擊，但身體卻因為幾乎快壓斷右手手骨的壓力整個失去平衡，我為了不跌倒只能往後跳。以腳步避開敵人往上的斬擊後，立刻準備發動反擊——

但是亞多米尼史特蕾達的劍技又再次超乎我的想像。

劃出V字形軌道後回到上段的劍，再度隨著巨大聲響往下揮落。重心移到前方的我終於避不開第三擊，左胸被淺淺劃出一道傷口。雖然只是擦傷，但感覺到疼痛前，恐懼與驚愕已經傳遍我全身。

如果亞多米尼史特蕾達使出的，是我知道的那招劍技……

那這時候試著迴避或者隨手舉劍想要格擋就會被砍中。

「喔……喔喔！」

我以吼叫聲趕跑恐懼感，從有些勉強的姿勢發動了劍技，單發攻擊「斜斬」。

結果這次果然被我猜中，亞多米尼史特蕾達的劍像是瞬間移動般回到頭頂後，隨即發出用盡全身力量的第四擊。

我的黑劍迎擊了從正上方迫近的白銀劍刃。兩招劍技衝突時才會出現的爆炸般光線特效，照亮了我和最高司祭的臉。

一般來說，單發技是無法抵抗四連擊技的第四擊。不過幸運的是，亞多米尼史特蕾達現在已經沒有右臂。我的身體失去平衡，斬擊也跟著往斜左下方滑去。

「鏘——！」的金屬聲過後兩把劍便分開，我這次終於成功用力往後方跳去，離開了長劍的攻擊範圍。

用左手摸了一下胸前的傷口，立刻發現指尖上沾了薄薄的血水。雖然不是得用術式治療的傷勢，但是跟肉體的傷口比起來，更令人感到戰慄的是——這件皮革大衣雖然是由我的想像力所創造出來，但耐久力應該還是比外表高出許多，但現在上面卻出現了明顯的切口。

亞多米尼史特蕾達代替無法出聲的我，一邊緩緩撐起身體一邊表示：

「——單手劍四連擊劍技『垂直四方斬』……我記得是這個名字吧。」

我花了一些時間，才把傳到耳朵裡的話轉變成有意義的內容。

招式的名稱跟我預料的一樣。但是——

劍技。

剛才亞多米尼史特蕾達是這麼說的嗎？

地底世界確實存在跟舊ＳＡＯ世界同樣的劍技群。但這些招式都被稱為祕奧義，而且劍士也不認為它們是系統輔助，而是經由長期修鍊之後寄宿在劍上的能力。

而且人界人民使用的祕奧義都只限於「雷閃斬」、「輪渦」與「天山烈波」等單發技。所以我才能用「艾恩葛朗特流連續劍技」在多場比賽與實戰裡贏得勝利，同時也認為這是我在這場戰鬥裡唯一能找出勝機的依靠。

但是如果亞多米尼史特蕾達也能使用劍技，而且還是四連擊以上的大技，那我將不再有任何優勢。

在混亂與焦躁的襲擊下只能一點一點退後的我，視界裡又看見受到致命傷而倒在地板上的尤吉歐。他身體的切斷面依然不停流出血來，他的天命究竟還能撐幾分鐘呢？

因此而更加焦慮的我，隨即動起腦筋想著。

尤吉歐的記憶曾暫時被封鎖，然後變成整合騎士與我戰鬥。也就是說，亞多米尼史特蕾達藉由合成祕儀掃瞄過他的記憶。這也就表示，最高司祭可能是從尤吉歐的記憶裡擷取了垂直四方斬的名字與動作。

如果這個推測正確，亞多米尼史特蕾達能使用的，就只有單手直劍用的中級劍技而已。因為我從來沒有在伙伴面前使出過上級劍技。

這樣的話，只要我使出四連擊以上的劍技，就有機會獲勝了。

單手直劍劍技的最高級技巧其實多達十連擊，而現在已經不是保留實力的時候了。

看見即時拉開雙腳，重新擺好黑劍的我後，亞多米尼史特蕾達發出竊笑聲。

「哎呀……還能露出那種好強的眼神嗎？好吧小子，就讓我再享受一下囉。」

右臂被砍落，天命應該也大幅減少的最高司祭，依然像是有深不見底的實力般傲慢地這麼說道。這時我已經不再回話，只是用力吸了口氣並將其憋在胸口。

早已深植於身體與記憶裡的劍技再次鮮明地復甦。一看之下，右手上的劍已經被淡淡的藍白色特效光包覆。

像在畫一個圓般，從右邊把劍移到頭頂──

「──喝啊啊！」

我隨著尖銳的叫聲，使出單手直劍用最高等級劍技「新星升天」。

在看不見的力量推動下，身體以超高速飛翔在空中。第一擊是幾乎能搶先在所有劍技之前的最快速上段斬。單手直劍裡不存在比它更快的劍技。

斬擊只要再零點五秒就能命中亞多米尼史特蕾達的左肩。

感覺開始加速，在密度增加成近似果凍的時間裡——

銀色長劍的劍尖筆直地對準我。

接著眼前出現十字狀的錫銀色閃光。

神速的突刺六連擊發出「咚喀喀喀喀喀！」的聲音，先橫向再縱向貫穿我的身體。

「嘎……」

從我的嘴裡飛散出鮮血。

我那從初擊就被打斷的十連擊技，就只能擴散出一片空虛的冰藍色光輝。

不要說推測了，我甚至無法理解究竟發生了什麼事。在疼痛與驚愕的煎熬下，我只能一邊凝視著亞多米尼史特蕾達的劍從我肚子抽出去，一邊搖搖晃晃地後退。

全是突刺技的六連擊。

單手直劍分類裡沒有那種劍技。

我雙肩、胸口、喉嚨以及腹部被穿透的小傷口上都噴出許多鮮血。雙膝一軟的我只能把劍插在地面，拚命不讓自己倒下去。

亞多米尼史特蕾達像是要避免被血濺到一般，踩著輕快的腳步與我拉開距離，然後用不知道什麼時候劍身已經變細的劍遮住嘴角。

「呵呵呵……太可惜了，小子。」

上揚的嘴角從銳利的刃口露出來後，美麗的支配者又像是要嘲弄我一樣宣告：

「這是細劍六連擊技『十字苦刑』喲。」

——騙人。

我從來沒在尤吉歐面前施展過這種招式。應該說，我根本無法使用這種招式。只是很久以前，曾經在艾恩葛朗特裡看見過幾次而已。

忽然感覺世界正在扭曲。不對，扭曲的是我自己嗎？面對這不可能出現的現實，我只能死命想找出答案。

——我的記憶被偷窺了嗎？

——是從我的搖光裡偷走剛才的招式……？如果是這樣，那就表示最高司祭能夠完美地發動連我都幾乎忘記的招式……？

「不會吧……」

從我的嘴裡發出不像是自己聲音的沙啞呢喃。

「怎麼可能……有這種事……」

咬緊的牙根發出摩擦聲。我像是要消除莫名的憤怒，以及緊貼在背後的恐懼感一樣，粗暴地從地板上把劍拔起來，踩穩虛浮的腳步大大打開雙腳。

接著將左手移到前方，右手拉到後面。這是打倒裘迪魯金的一擊必殺單發技，奪命擊(Vorpal Strike)的起手式。

敵我間的距離大概是五公尺，完全是在攻擊範圍內。

「嗚……啊啊啊啊啊！」

為了強引出開始萎縮的想像力，我從丹田發出了吼叫聲。扛在肩膀上的劍開始出現猙獰的深紅色光芒。那究竟是血的顏色——還是外露的殺意顏色呢？

相對的亞多米尼史特蕾達則是——

跟我一樣將雙腳前後打開並且沉下腰部，然後以平順的動作把左手的細劍繞到右腰，並且在該處停下動作。

看來幾秒鐘前的印象不是錯覺，因為我發現化成細劍的纖細劍身再次改變形狀。

寬度與厚度皆增加的劍刃緩緩地反過來。最後變成了單刃、細長的曲刀。看起來簡直就像……

不對，我不需要思考。只要有怒氣存在就夠了。

「————嗚喔啊啊！」

發出野獸般咆哮的我揮出手裡的長劍。

「——嘿！」

亞多米尼史特蕾達的嘴唇裡也發出經過壓抑，但是相當尖銳的吼叫聲。

右腰上的劍發出炫目銀色光輝。

然後劃出比以直線軌道突進的奪命擊(Vorpal Strike)還要快、還要美的曲線軌道。

橫向斬擊直接撕裂了我的胸膛。

遲了一會兒後，如同巨人拳頭一般的衝擊把我轟了出去。殘存的天命大部分變成鮮紅血液灑在空中的我，就這樣高高飛到天上。

左手依然保持拔刀姿勢的亞多米尼史特蕾達，嘴裡悠然說出的話稍微傳進我的耳裡。

「大刀單發技『絕空』。」

這是我不知道的劍技。

我就在遠遠超越驚愕，甚至有種世界開始崩壞的感覺襲擊下墜落到地板上。一陣水聲響起，大量鮮血往周圍飛散。

但那不是我流的血。因為我剛好掉進身體斷成兩截的尤吉歐所流出來的，那令人感到戰慄的超大血泊當中。

這時我的身體已經完全凍結，唯一只有視線能移動。我拚命動著眼睛，看向躺在旁邊的……尤吉歐的上半身。

一起度過兩年時光的伙伴，蒼白的臉孔正面向我這邊，眼睛則是緊閉著。慘不忍睹的傷口還是一點一點滲出血水，雖然不知道天命是已經耗盡或者還剩下一丁點，但再這樣下去他的意識恐怕不可能再恢復了。

唯一可以確定的……

就是我白白浪費了他幫我爭取的生命。

我沒辦法勝過亞多米尼史特蕾達。

神聖術戰就不用說了，就連劍與劍的對戰，最高司祭的實力都遠遠凌駕於我。

我已經無法得知，她是用什麼樣的手段學會那麼多種類的劍技。至少可以確定的是，資料不是來自尤吉歐與我的記憶裡。

用來建構Underworld的泛用型「The seed」程式套件並不包含劍技。導入這種系統的，就只有繼承舊ＳＡＯ伺服器的ALfheim Online而已。但是建構地底世界的ＲＡＴＨ技術者們，或者亞多米尼史特蕾達本人，都不可能從ＡＬＯ伺服器裡把劍技系統偷出來才對。

現在繼續推測下去也只會感到更加空虛。因為就算找出真相，還是無法改變我早已失去一切的殘酷事實。

我對不起夏洛特的自我犧牲、尤吉歐的決心、愛麗絲的覺悟……以及卡迪娜爾的遺志——

「——那種表情很不錯喲。」

倒在地上的我，脖子被宛如冰刃一般的聲音輕撫過去。

可以感覺到光著腳的亞多米尼史特蕾達正踩著大理石地板，輕盈地往這邊靠近。

「對面的人表現感情的方式果然不太一樣呢。真想把你那張想哭的臉永遠保留下來當成裝飾品。」

她抿嘴發出柔和的笑聲。

「而且看來之前覺得很麻煩的揮劍對戰似乎也不是那麼糟嘛。因為能直接感覺到對方的痛苦。小子，難得我有這種興致，你就再努力一下吧。讓我能夠享受砍下你手腳的快感……」

「……隨妳高興吧。」

我以細微的聲音這麼回答：

「盡量虐待然後殺了我……」

消失在這個世界裡之前，至少要承受比尤吉歐與卡迪娜爾痛苦幾十倍的體驗。

我已經無力說話，原本像是黏在黑劍劍柄上的右手，也逐漸失去握劍的力量——

就在這個瞬間……

耳邊聽見某個人的呢喃聲。

「竟然……這樣就放棄……實在……太不像你了……」

那斷斷續續，似乎馬上就要消失……

但又絕對不是幻覺的聲音。

讓不再思考任何事情的我再次移動視線。

令人懷念到想流淚的綠色眼睛，正從稍微抬起來的眼瞼下方看著我。

「尤吉歐……」

我以沙啞的聲音叫著伙伴，而他則是對我露出了淡淡的笑容。

腹部幾乎被巨劍魔像的攻擊砍成兩半的我，立刻因為疼痛與恐懼而無法動彈。但是我受的傷根本不能和尤吉歐相比。他的骨頭、內臟真的是被一刀兩斷了。那種疼痛，明明已經達到足以讓搖光崩壞的程度啊——

「桐人……」

尤吉歐以力道稍微增強的聲音再次對我說道：

「我那個時候……愛麗絲被帶走的時候，根本無法動彈……明明你……小時候的你已經勇敢地……試著要反抗整合騎士了啊……」

「……尤吉歐……」

我馬上就了解，那是八年前愛麗絲從盧利特村被帶走時的記憶。

但是我當時不在那裡。一瞬間認為他是和其他場景搞混了，但綠色眼睛裡的光芒卻相當清澈，讓我相信他所說的話全都是事實。

「……所以……這次輪到……我推你一把了。來吧，桐人……你可以再次站起來。不論被打倒幾次，都能站得起來……」

尤吉歐的右手震動了一下。

眼中不停湧出淚水的我，就看著他的手指從血海裡拾起一把閃耀著銀中帶藍光輝的金屬──藍薔薇之劍。

尤吉歐在自己流的血當中握住已經失去一半劍身的愛劍，然後閉起眼睛。

突然出現了一道溫暖的紅色光線包圍我們。而兩人身體下方的紅色血海也發出充滿活力的光芒。

「做什麼……！」

亞多米尼史特蕾達以充滿憤怒的聲音大叫著，但是無敵的支配者像是害怕紅色光芒般以左手遮住臉往後退。

血海的光芒不斷增加，最後成為無數光粒一起浮了起來。

光粒在空中飛舞一陣子，變成漩渦狀並再次下降，然後被尤吉歐握在手裡的藍薔薇之劍吸了進去。

從劍的斷面開始生成新的劍身。

物質組成變換。

目擊這個世界應該只有兩個管理者才能引起的奇蹟後，我頓時屏住了呼吸。心底深處湧出強烈的感情起伏，而這些感情也變成新的眼淚不斷地滴落。

藍薔薇之劍立刻恢復成原本的長度，而成為其名稱由來的精緻薔薇雕刻，顏色則變成了鮮紅色。劍身、劍鍔、劍柄也全都染成鮮豔的紅色。

尤吉歐以發抖的手，把現在已經變成「紅薔薇之劍」的美麗武器遞給我。

我到剛才為止都失去感覺的左手，就像被吸過去般把尤吉歐的手和劍柄一起抓住。

瞬間，感覺有一股能源流進身體深處。

我不認為這是術式。

那一定是由尤吉歐的意志所產生的力量，是最為純粹的心念之力。

我確實能感受到力量從尤吉歐的搖光傳遞到我的搖光裡，可以說是超越整個世界而產生的靈魂共振。

把劍交給我之後，尤吉歐的手就失去力量，啪一聲掉到了地上。從他再次浮現微笑的嘴唇，不對，從他的意識裡傳了簡短的一句話到我意識當中。

「來，站起來吧，桐人。我的好友……我的……英雄…………」

全身被刺穿的傷已經不再疼痛。

胸口深處的冰冷虛無已經在燃燒起來般的熱量中被蒸發掉了。

我凝視著尤吉歐再次閉上眼睛的側臉，然後低聲說道：

「嗯……我會站起來。為了你，不論被打倒多少次我都會站起來。」

我高舉起幾秒鐘前還沒有任何感覺的雙臂，把緊握在雙手的黑劍與紅劍插在地板上，然後咬緊牙關站了起來。

身體幾乎不聽我的使喚了。我的腳微微顫抖，雙臂就像加了鉛塊一樣重。但我還是跌跌撞撞地往前走了一兩步。

亞多米尼史特蕾達緩緩把別過去的臉轉回來，用帶著白色怒火的雙眼瞪著我看。

「——為什麼？」

丟出來的是帶著金屬質且低沉、扭曲的聲音。

「為什麼要這麼愚蠢地對抗命運？」

「……只有這樣……」

我以低沉沙啞的聲音回答：

「因為抵抗，是我目前人在這裡的唯一理由。」

說話的期間也沒有停下腳步，即使數次差點跌倒，我依然持續前進。

右手與左手上握住的兩把劍感覺非常沉重。

但是，它們確實、堅固的存在感給了我力量，讓我的雙腳可以不斷往前走。

很久、很久以前，在有別於此處的另一個世界，我經常像這樣拿著兩把劍前往非生即死的戰場。這正是我的……「二刀流」桐人的真正模樣。

再次發生想像力覆寫的情形，早已破破爛爛的長大衣立刻再生。身體的傷痕雖然沒有消失，但天命的殘量已經不再重要了。只要手腳能動，能夠揮劍，我就還能戰鬥。

以充滿憤怒的視線瞪著我的亞多米尼史特蕾達，這時一隻腳慢慢往後退。

一秒鐘後，可能是發現自己退後的事實吧，雪白美貌上立刻浮現出如鬼神般的憤怒表情。

「……饒不了你。」

沒有動嘴唇就發出來的這句話，變成透明火焰在嘴角搖晃著。

「這裡是我的世界，我絕不允許不請自來的入侵者這樣對我說話。給我跪下獻上你的首級——乖乖聽我的命令！」

空氣「轟」一聲產生震動，許多黑色氣息從最高司祭腳邊湧出形成層層漩渦。從大刀變回直劍的銀劍，帶著黑色氣息筆直地對準我的臉。

「……妳錯了。」

我在進入劍技的攻擊範圍前停下腳步，然後說出最後一句話：

「妳只是一個篡奪者。妳不愛這個世界……以及生活在這裡的人民，根本沒資格當一個支配者！」

話一說完我便擺出架式。把左手的紅薔薇劍移到前方，右手的黑劍拉到後面。

然後左腳往後退，將重心往下沉。

亞多米尼史特蕾達的左手也緩緩揚起銀劍，最後把它高舉到頭頂。珍珠色嘴唇雖然已經說過好幾次同樣的話，但這次卻伴隨著最大的威脅感。

「愛就是支配。我愛著所有一切，所以也要支配一切！」

濃密的黑暗不停湧出，銀色長劍也跟著巨大化。瞬間變成雙手劍尺寸的劍刃除了黑色之外，也參雜了鮮艷的紅色氣息。緊接著，厚厚的劍刃如同瀑布般落下。那是海伊・諾魯基亞流祕奧義「天山烈波」——另一個名字是，雙手劍單發劍技「雪崩」。

這時我交叉手上的兩把劍，擋下不但是地底世界裡貴族制度的象徵，同時也多次讓我與尤吉歐嘗盡苦頭的招式。這是二刀流武器防禦技能「十字格擋」。

「喔喔喔！」

我一邊狂吼，一邊擠出全身的力量將對方的劍推回去。最高司祭的眼睛裡閃過些許驚愕的神色。

「還想掙扎！」

如此叫道的最高司祭一邊用力往後面跳去，一邊把恢復成單手劍的銀色長劍抬到左肩的高度。

我也將右手上的黑劍拉到相對的位置。

雙方的劍都發出讓人想起外燃機的振動聲，一起高聲共鳴。

黑劍與銀劍綻放出深紅色光芒。

我和亞多米尼史特蕾達同時往地板踢去，發動了同樣的劍技——奪命擊(Vorpal Strike)。

就像照鏡子般，兩口劍同時像是弓箭一樣往後拉，經過一瞬間的蓄力讓特效光更為加倍，接著發動攻擊。

在同一直線上往前突進的兩把劍，劍尖在些微差距下錯開並交叉而過。

隨著沉重的衝擊，我的右臂從肩膀以下被砍飛了出去。

但我的劍也將亞多米尼史特蕾達的整條左臂砍斷。

兩條握著劍的手臂就這樣拖著深紅光芒高高飛上天空。

「你這傢伙————！」

失去雙臂的亞多米尼史特蕾達，眼睛裡燃燒著七彩色的火焰。

長長的銀髮就像生物一樣豎了起來，在空中結合成許多束頭髮蠕動著。無數的尖端變成銳利的針頭，為了將我貫穿而迅速殺到。

「還沒完啊啊啊啊啊！」

在大叫的同時，握在左手上的紅薔薇之劍也再次迸發出鮮紅色閃光。

在艾恩葛朗特裡絕對不可能發生的二刀流奪命擊(Vorpal Strike)，第二擊就這樣突破了瘋狂肆虐的銀髮旋渦——

深深地貫穿了亞多米尼史特蕾達的胸口中央。

非常沉重且具決定性的手感深深滲進我的手掌當中。那鮮明的感覺，甚至足以讓我忘記被細劍刺穿、被大刀撕裂以及被直劍砍斷右臂的疼痛。

劍尖撕裂亞多米尼史特蕾達光滑的皮膚，粉碎她的胸骨，並且把深處的心臟轟飛——亦即我深切地感受到，自己正在破壞一個人類的生命。這是自從我了解這個世界的人類也擁有真正的搖光之後，心底深處就一直相當忌諱的行為。連對元老長裘迪魯金使出劍技時，這樣的恐懼也沒有消失。

但是，只有這一擊我的內心可以說沒有一絲猶豫。為了把未來託付給我們的卡迪娜爾，我絕對不允許自己在這時候心軟。

而且這麼做同時也是為了心高氣傲的支配者亞多米尼史特蕾達。

不過我也只有極短暫的時間能夠想這些事情。

貫穿最高司祭胸口中央的紅薔薇之劍，這時發出了遠超過劍技特效光的強烈光芒。

以尤吉歐的血轉變為神聖力重生的劍身，像是恆星的碎片一般發出刺眼的光線——

下一個瞬間，眼前就出現了全神聖力解放現象，也就是巨大的爆炸。

亞多米尼史特蕾達的雙眼瞪大到了極限，嘴唇裡發出無聲的尖叫。

這個世界當中比任何人都要美麗的裸體，開始有纖細的光線從各處放射而出。

純粹的能源爆炸就這樣一邊吞沒一切一邊往外膨脹。

我就像棉屑一樣被轟飛了出去，劇烈撞上了南邊的玻璃窗。在反彈並跌落到地板上的同時，也感覺到右肩的傷口噴出大量的血液。

已經受了這麼多傷，體內竟然還殘留著這麼多血，老實說真覺得有點不可思議。雖然一瞬間浮現我的天命終於要歸零了的想法，但還有事情等著我去做。所以我還得多活一下子才行。

看了一下左手的劍，立刻發現劍身長度又恢復到只剩一半，薔薇浮雕也變回藍色了。我靜靜把劍放到地板上，以五根手指用力握住右肩。

很不可思議的，沒有詠唱術式手掌便溢出白光並溫柔地滲進傷口當中。感覺出血停止的瞬間，我便把手移開。因為不能繼續使用應該快要枯竭的空間神聖力了。

我隨即把光芒消失的左手撐在地上，抬起自己的身體。

然後劇烈地喘息。

這時還能看見應該是爆炸殘留下來的光粒在空中緩緩飄動，而它們的前方——

一名應該已經被炸得粉身碎骨的少女，還是以虛浮的腳步站在那裡。

她慘不忍睹的身體竟然還能保留人類的外形已經可以說是奇蹟中的奇蹟了。除了失去雙臂，胸口中央開了一個大洞之外，全身各處都出現類似陶器即將粉碎之前的裂痕。從無數傷口流出來的並不是血液。

可以看見參雜著銀色與紫色火花般的物體一邊溢出一邊爆散，然後在空氣中擴散開來。不只是被變成巨劍的人們，看到這種光景後，就會覺得連亞多米尼史特蕾達自己的身體也不再是人類了。

如同液態白金般的長髮也失去光輝，整個雜亂地下垂。下方暗影處的嘴唇開始振動，流出來的呻吟聲也傳到我耳朵裡。

「……想不到……那兩把劍……都不是金屬……呵呵、呵……」

支配者像壞掉的人偶般微微抖動著肩膀，但就算在這種情況下，她還是發出簡短的笑聲。

「意外……真是意外的結果……竟然會受到即使收集這裡殘存的神聖力也無法治癒的傷害……」

原本腦袋裡已經忍不住浮現亞多米尼史特蕾達一瞬間就治癒傷口的恐怖影像，聽見她這麼說後我才把屏住的氣息輕輕吐了出來。

瀕死的支配者緩緩將即將崩壞的身體轉向別處。身體各處的傷口都爆出火花的她，就像即將失去電力的玩具般僵硬地走了起來。

她的目標是大房間的北邊。雖然沒有任何物體存在，但一定有什麼機關才對。我得在她到達那裡之前給她致命一擊。

我拚命站起身子，凝視著她看起來像是矮了一截的背影。然後用比最高司祭還要僵硬的步伐，一邊拖著腳一邊追了上去。

走在我前方二十公尺的亞多米尼史特蕾達，似乎正朝著某一點走去。但是她應該沒有辦法脫離這個神聖力枯竭的隔離空間了。因為亞多米尼史特蕾達也沒有否定卡迪娜爾「雖然切斷只要數分鐘但要重新連結上外部並不容易」的發言。

幾十秒鐘後，最高司祭所站的地方依然什麼東西都沒有。

但是少女將滿是傷痕的裸體轉過來後，隨即看著追上來的我發出低沉笑聲。

「呵、呵……這樣的話，就沒辦法了……雖然比預定早了不少……但我還是得先走一步了。」

「妳……到底在……」

在我提出「說些什麼」的疑問前。

亞多米尼史特蕾達已經用滿是裂痕的右腳咚一聲踩了一下地板。

腳邊尚未燒盡的絨毯上，可以看見一個不可思議的圓形圖案。雖然與我後方表示升降盤位置的圖樣十分相似，但感覺還是有點不一樣。

直徑五十公分左右的圓形，開始發出紫色——也就是相當熟悉的系統光芒。

從閃耀的圓形裡，隨著輕微震動浮上來的是……

一根白色大理石柱。

以及一台放在上面的筆記型電腦。

「什麼……………」

我因為太過驚訝而沒有踩穩，結果當場跪了下來。

當然那不是現實世界裡的筆記型電腦。它有著水晶般的半透明框體，畫面也是淡紫色透明狀。過去曾在艾恩葛朗特裡看過一次假想世界的系統控制臺，而這台電腦跟它非常、非常像。

這也就表示，那正是……

我這兩年來不停追尋的「與外部世界的聯絡裝置」。

在幾近暴力的衝動驅使下，我開始用左手在地上爬行。但是我前進的速度卻慢到令人絕望，亞多米尼史特蕾達所站的地方離我實在太遠了。

支配者雖然失去了雙臂，但她的一撮頭髮就像生物般揚起，然後前端迅速地敲打鍵盤。全息圖畫面隨即出現一個小小的視窗，莫名的指示器也開始倒數計時。

下一刻，亞多米尼史特蕾達的腳邊便出現紫色光柱——

她受傷的身體也無聲浮了起來。

這時少女終於抬起臉來筆直看著我。

完美無瑕的美貌已經是慘不忍睹。左側出現一道大大的裂痕，應該有眼睛的地方卻充滿了深沉的黑暗。原本是珍珠色的嘴唇現在白得跟紙一樣，但浮現在上面的微笑依然帶著北極的寒氣。

亞多米尼史特蕾達平安無事的右眼忽然瞇了起來，接著又再次發出簡短的笑聲。

「呵、呵……再見了，小子。下次就在你的世界裡碰面吧。」

聽見這句話後，我終於了解亞多米尼史特蕾達的企圖了。

她想逃到現實世界去。

從受到天命這個絕對界限所束縛的地底世界脫身而出，保全自己的搖光。就像我準備對尤吉歐與愛麗絲的靈魂所做的事情一樣。

「等……等等！」

我死命在地上爬著並這麼大叫。

如果我是她的話，就會在離開的前一刻將機器破壞。如果讓她得逞的話，所有的希望都將跟著毀滅。

亞多米尼史特蕾達的裸體以緩慢，但確實的速度在光梯裡上升。

露出笑容的嘴唇發出無聲的道別。

下……

次……

再……

在嘴唇做出最後的形狀前。

曾幾何時，在我和亞多米尼史特蕾達都沒注意到的情況下爬到控制臺底部的某個人，忽然發出近似悲鳴的聲音。

「猊下啊啊啊啊…………請把我也帶走吧——————…………」

元老長裘迪魯金。

被我用劍技貫穿身體，然後被亞多米尼史特蕾達丟到一旁去的小丑，這時失去血氣的臉上浮現異樣的表情，然後把彎曲成鉤爪般的雙手手指朝上空伸去。

他矮小的身軀開始發出灼熱的火焰並燃燒了起來。

可能是某種術式或者是心念的力量吧——把自己變成火焰小丑的裘迪魯金，一邊劃出螺旋狀軌道一邊在空中飛行。

這時連亞多米尼史特蕾達臉上都出現驚愕以及應該是恐懼的表情。

最高司祭這時已經快要到達光之通道的出口，但裘迪魯金變成火焰的雙手卻抓住了她的雙腳。

小丑被拉長的身體直接繞著圈子爬上亞多米尼史特蕾達的裸體，然後像蛇一樣緊緊纏著她。熾烈燃燒的火焰立刻包圍兩者的身體。

亞多米尼史特蕾達的頭髮前端立刻像融化一樣燃燒了起來。

她的嘴唇扭曲，發出類似悲鳴般的叫聲。

「放開我……！快放開我，無禮的傢伙！」

但是裘迪魯金卻像是把主人的話當成愛的告白，圓滾滾的臉上浮現極為幸福的笑容。

「啊啊啊啊啊……終於……終於可以跟猊下合而為一了——……」

短小的雙臂緊緊抱住亞多米尼史特蕾達的身體。少女肌膚上的裂痕變得火紅，接著不斷有小小的碎片掉落。

「我怎麼會……被你這種……醜陋的小丑給……！」

這句話已經幾乎變成悲鳴了。從最高司祭身體裡噴出的銀色火花與裘迪魯金的火焰混合在一起，將整個大房間照得異常明亮。

裘迪魯金的身體不知不覺間失去外形，變成了一團火焰。只有幸福表情殘留在中央的他，這時丟下最後一句話：

「啊啊……猊下……我的……亞多米尼史特蕾達……大……人……」

接著亞多米尼史特蕾達的身體也從末端開始燃燒。

支配者被火焰包圍的臉已經沒有恐懼與憤怒的表情，銀色眼睛只是凝視著上空。即使完全被破壞，最高司祭依然帶著淒絕的美感。

「…………我要…………把我的…………世界…………」

接下去的話已經聽不清楚了。

狂暴的火焰急遽收縮。

最後轉變成白銀色閃光往外擴散。

與其說是爆炸，倒不如說一切全都還原成光芒並充斥在整個空間當中，沒有任何巨響或震動。不過，「地底世界最長壽的靈魂消滅了」這種概念性的事象甚至可以超越隔絕空間的障壁並擴散開來。

銀色光芒靜靜地閃耀了很長一段時間，幾乎快讓我認為這個世界可能再也無法恢復成原本的模樣了。

但是光芒最後還是開始變淡，我的視界也再次恢復色彩。

這時我眨了眨不知是否被光線刺激而流出眼淚的雙眼，拚命凝視著爆炸的中心點。

那裡再也找不出任何少女以及小丑存在的痕跡。光柱也已經消滅，只有從地板上升起的大理石柱與水晶虛擬控制臺還殘留在該處。

這時我的理性與第六感都告訴我，最高司祭亞多米尼史特蕾達，或者可以說名為桂妮拉的女性終於完全消失了。她的天命歸零，在收納她搖光的LightCube裡被格式化了。

就跟應該會並排在她旁邊的，屬於卡迪娜爾的LightCube一樣。

「……………結束……了嗎…………」

依然雙腳跪在地上的我，下意識這麼呢喃。

「……這樣就可以了嗎……卡迪娜爾……？」

但我沒有得到回答。

不過感覺有一股從記憶裡吹起的微風輕撫過我的臉頰。

風裡帶著卡迪娜爾和我在大圖書館底部互擁時的味道──也就是古書、蠟燭以及甘甜砂糖點心的香味。

我用左手拭去臉上的淚水。一邊意識到袖子不知不覺間已經從皮革大衣變回黑色上衣，一邊改變身體的方向，朝躺在幾乎是房間中央的尤吉歐爬去。

每隔相當長的一段時間，就會有血液從伙伴被殘酷切斷的身體滴下來。看來再過不到幾分鐘，他的天命就要耗盡了。

拚命爬到尤吉歐旁邊的我，首先為了要止血而把他滾落到遠方的下半身運過來，然後仔細地從切斷面把它們合起來。

接著又把左手放在傷口上，腦袋裡想像著治癒之光。

這時出現在手掌下的白光，已經淡到必須要定眼凝神才能發現。但我還是拚命把光芒壓上去，想利用它來治療傷口。

只不過──

代表尤吉歐生命的紅色液體依然不斷從切斷面滲出，完全沒有停止的趨勢。面對如此嚴重的傷勢，治癒術的優先度可以說絕望性地不足。即使腦袋裡相當清楚這一點，我還是固執地動著手大叫著：

「別流了……別流了啊！為什麼沒用啊！」

在地底世界裡，想像力可以決定一切。強烈地想著某件事情就能引發奇蹟。難道不是這樣嗎？

我用盡靈魂的力量來祈求、思念，並且許願。

但尤吉歐的血還是一滴一滴地落下。

想像力能夠覆寫的，就只有物體的位置與外表，並沒有辦法改變優先度和耐久度等數值上的能力——

雖然意識的一角裡閃過這樣的理論，但我卻拒絕去承認它。

「尤吉歐……快回來啊！尤吉歐！」

再次大叫之後，我為了咬破左手腕而把它含在嘴裡。雖然知道這麼做還是不夠，但我還是忍不住要灌注現在能夠生成的所有神聖力。即使這樣會讓我和尤吉歐的天命一起歸零。

當犬齒陷進皮膚，準備連肌肉一起咬下來的瞬間。

我聽見極細微的呢喃聲呼喚著我的名字。

「………桐人。」

我立刻抬起頭來。

尤吉歐微微抬起眼瞼露出微笑。

他的臉色比月光還要蒼白，嘴唇上也完全沒有血色。一看就知道他的天命依然在減少。但是綠色眼睛還是跟初次遇見他時一樣，帶著平穩的光芒凝視著我。

「尤吉歐……！」

我以沙啞的聲音這麼叫道。

「等一下，我馬上治療你的傷勢！我不會讓你死的……絕對不會讓你死！」

我再次試著要咬破手腕。

但是在那之前，比冰塊還要冰冷卻也宛如太陽般溫暖的右手已經蓋住我的左手腕，並溫柔地握住它。

「尤……」

尤吉歐微笑著制止瞪大眼睛的我。這時從他嘴唇裡流出來的話，其實過去在學院裡我們已經互相向對方說過好幾次了。那是只屬於我們兩個人的暗號。

「Stay cool……桐人。」

「…………！」

我顫抖的胸口大大地吸進一口氣。

我告訴尤吉歐，這句話是在分手時打的招呼。但是……我絕對不是要讓他用在這種時候、這種場景啊。

不停搖著頭的我，耳朵裡再次聽見尤吉歐的呢喃聲。

「沒關係……算了吧……桐人。」

「你在說什麼啊！怎麼可以算了！」

即使聽見我宛如悲鳴的吼叫，尤吉歐臉上依然帶著某種滿足的笑容。

「……我盡了……自己應盡的責任……我們兩個人的路……就要在這裡分開了……」

「怎麼可能！我絕不承認什麼命運！我絕對不會承認那種東西！」

我像個小孩子一樣，以混雜著嗚咽的聲音激動地說著，而尤吉歐則像是要告誡我一樣靜靜搖了搖頭。這時的他應該需要相當大的力氣才能做出這種些微的動作，但伙伴卻完全沒有露出痛苦的表情，只是平靜地繼續說道：

「……如果不這樣的話……我和你，就得為了各自的愛麗絲而戰鬥了。我……為了取回愛麗絲的記憶……而你則是為了守護整合騎士愛麗絲的靈魂……」

我瞬時屏住了呼吸。

這正是我內心深處畏懼，但是卻故意選擇忽略的未來景象。當所有戰鬥結束，必須把愛麗絲・滋貝魯庫的「記憶碎片」放回騎士愛麗絲的搖光裡時，我真的能同意做出這種事嗎——

即使到了這個瞬間，我依然無法導出答案。

我只能隨著眼淚，把疑惑丟回給尤吉歐。

「這樣的話……那就戰鬥啊！把傷全部治好後，和我打一場啊！你已經比我強了！所以，你應該為了你的愛麗絲……和我……！」

但是尤吉歐臉上透徹的笑容依然沒有消失。

「我的……劍已經……折斷了……而且……我……我因為自己的軟弱，把心交給最高司祭……對著桐人揮劍。我必須……彌補……自己的罪過……」

「根本沒有什麼罪過！你哪有什麼罪過！」

我用左手反抓著尤吉歐的右手，擠出帶著嗚咽的聲音：

「一直以來，你都很努力地在作戰！如果沒有你，就不可能打倒裘迪魯金、巨劍魔像還有亞多米尼史特蕾達！所以你沒有必要再責備自己了啊，尤吉歐！」

「……是這樣嗎……如果是這樣……就好了…………」

這麼呢喃著的尤吉歐，雙眼湧出斗大的眼淚並無聲地落下。

「……桐人。我一直……很羨慕比誰都強……而且受到眾人喜愛的你……甚至還擔心……愛麗絲說不定……也會喜歡上你……但是……我終於了解了。愛不是要求……而是給予。是愛麗絲……讓我了解……這一點……」

說到這裡，尤吉歐抬起左手。

在激戰中受傷而變得傷痕累累的手掌裡還握著一顆小小的水晶。那是透明的雙尖六角柱，也就是愛麗絲的記憶碎片。

透明的六角柱閃爍些許光芒，然後碰到我的左手。

世界忽然被白光所包圍。

地板的堅硬度與右臂被砍的疼痛感也全部消失，平穩的光流把我的靈魂帶到某個遙遠的地方。連籠罩在胸口的巨大哀傷，也逐漸融化在溫暖的光芒當中。

緊接著——

鮮豔的綠色在高處搖曳。

太陽光從樹葉縫隙中透下。

像是要歌頌終於來訪的春光一般，樹木上的新芽都伸長了小小的身體隨著微風擺動。不知名的小鳥在光亮的黑色樹枝之間飛翔嬉戲。

「喂喂，手停下來囉，桐人。」

忽然被叫到名字的我，只能把對著樹梢的視線移回來。

坐在旁邊的少女，一頭金髮在透過樹葉的陽光照射下發出耀眼光芒。我眨了幾次眼睛才聳了聳肩反駁她說：

「愛麗絲自己還不是從剛才就張大嘴巴看著棉兔媽媽和牠的小孩。」

「我才沒張大嘴巴呢！」

身穿藍白色圍裙，把頭別過去的少女——愛麗絲·滋貝魯庫舉起原本就拿在手上的東西來讓陽光照射。

那是一把製作精細的小劍用皮革劍鞘。以油布磨得相當光亮的表面，還可以看見以全白絲線構成的龍形刺繡。看起來相當討喜的圓形巨龍只有一半的尾巴，前端可以看見垂著一根穿著絲線的針。

「你看，我的部分快完成了。你的又怎麼樣呢？」

對方一問之下，我便把視線朝自己的膝蓋看去。

放在我手邊的，是一把以森林裡第二堅硬的白金櫟所削出來的小劍。請比任何人都了解森林的卡利塔爺爺教導我加工方法後，花了兩個月的時間把跟鐵一樣堅硬的木材打造成這種形狀。劍身目前已經完工，只要再完成劍柄就可以了。

「我的速度比較快，只剩下這一點了。」

回答完後，愛麗絲也露出滿臉笑容說：

「那我們就再努力一下，把它完成吧。」

「嗯～」

我再次抬頭透過樹梢來看著天空，發現索魯斯早已經通過天空的正中央了。今天從早上就來到這個祕密基地進行作業，感覺再不回村子的話很可能會被發現。

「我看……差不多該回去了，會被發現的。」

我一邊搖頭一邊這麼說，愛麗絲則像小孩子般噘起嘴唇來。

「別擔心啦。再一下下……再一下下好嗎？」

「真拿妳沒辦法，那真的只能一下下喔。」

互相點了點頭後，就又各自忙了幾分鐘。

「完成了！」

「我也完成了！」

同時發出來的兩道聲音，與背後草地被人踏過的沙沙聲重疊在一起。

我們急忙把東西藏到背後並轉過身子。

結果露出驚訝表情站在那裡的，是把柔軟的亞麻色亂髮整齊剪短的少年——尤吉歐。

尤吉歐不停眨著清澈的藍色眼睛，然後發出疑惑的聲音：

「什麼嘛，正在想你們兩個人怎麼從一大早就不見人影，原來是在這裡啊。你們到底在做什麼？」

愛麗絲和我縮起脖子來互相看著對方的臉。

「被發現了。」

「所以我不是說了嗎？這下心血都白費了。」

「哪會白費啊。好啦，把那個拿過來吧。」

愛麗絲從我手上把剛完成的木劍搶過去後，在身後靈巧地把它收進自己手上的皮革劍鞘裡。

接著輕盈地跳到尤吉歐面前，露出太陽般燦爛的笑容叫道：

「雖然早了三天，不過……尤吉歐，祝你生日快樂！」

看見迅速遞到自己面前那把收在白龍刺繡劍鞘的白金櫟製小劍後，尤吉歐原本就相當大的眼睛瞪得更圓了。

「咦……這麼棒的東西……要給我……？」

功勞全被愛麗絲搶走的我，只能一邊苦笑一邊插話：

「尤吉歐，你之前不是說爸爸買給你的木劍折斷了嗎？所以……這把劍雖然比不上你哥哥的真劍，但絕對比雜貨店裡賣的任何木劍都要堅固喲！」

尤吉歐畏畏縮縮地伸出雙手來把劍接過去，然後隨即因為它的重量而嚇得往後仰，接著臉上也露出不輸給愛麗絲的燦爛笑容。

「真的耶……這比哥哥的劍還要重！太棒了……我……我會好好珍惜的。謝謝你們。我還是第一次收到這麼棒的生日禮物……真是太讓人高興了……」

「喂……喂，別哭啊！」

看見尤吉歐的眼角泛著淚光後，我急忙這麼大叫。

嘴裡說著我沒哭並擦拭臉龐的尤吉歐隨即筆直看著我。

然後再次露出笑容。

忽然間，他的笑容滲出七彩色光芒。

我的胸口也突然出現哀切的疼痛，以及無法抗拒的強烈鄉愁與失落感。無法止住的淚水就這樣沾濕我的臉頰。

站在一起的愛麗絲與尤吉歐也以笑著哭泣的臉——

同聲這麼說道：

「我們……三個人確實共同度過一段時間。」

「雖然要在這裡分道揚鑣……但是記憶永遠會留下來。」

「我們會……繼續活在你心中。所以——」

被透過樹葉的陽光所包圍的情景消失，我再次被拉回中央聖堂的最上層。

「所以——不要哭了，桐人。」

這麼呢喃著的尤吉歐雙手失去力量，右手落到地板，左手則掉落在胸口。掌中的六角柱也幾乎失去光芒。

剛才出現在我心裡的場景確實是我的記憶。雖然只能想起一個畫面，但我和愛麗絲、尤吉歐的確是從小一起長大，彼此之間擁有深厚羈絆的好友。這樣的事實讓我全身充滿溫暖，同時也稍微減輕了失去好友的心痛。

「嗯……回憶永遠在這裡。」

我將左手手指壓在胸口，以帶著嗚咽的聲音這麼呢喃道：

「永遠都會在這裡。」

「沒錯……所以我們是永遠的好朋友。你在哪裡啊……桐人，我看不見你了……」

臉上依然帶著微笑的尤吉歐，不停游移光芒逐漸暗淡的眼睛叫著我的名字。

我探出身子，用左手抱起尤吉歐的頭。流下的淚水不停滴落到尤吉歐臉頰上。

「這裡，我在這裡。」

「啊啊……」

尤吉歐一邊凝視著遠方某處，一邊露出滿足的笑容。

「我看見了……黑暗裡有閃閃光芒……就好像星星一樣……跟每天晚上，自己一個人在基家斯西達根部，仰望的星空一樣……也好像……桐人的劍……所發出的光輝……」

尤吉歐越來越通透的聲音溫柔地震撼著我的靈魂。

「對了……桐人的黑劍……我覺得『夜空之劍』這個名字……不錯。你覺得如何呢……」

「嗯……很棒的名字。謝謝你，尤吉歐。」

我用力抱緊好友越來越輕的身體。透過緊緊靠在一起的意識，他的最後一句話像滴落在水面的水滴般響起。

「像夜空一樣……溫柔地……包覆這個……小小的世界……」

停留在睫毛上的透明淚珠變成光粒消失無蹤。

將一點點重量靠在我手臂上後，尤吉歐緩緩地閉上雙眼。

6

尤吉歐站在不知位於何處的陰暗迴廊上。

但他不是自己一個人。

順著緊緊被握住的左手看去，就能發現穿著藍色洋裝的愛麗絲正露出燦爛的微笑。

稍微加了一些力道在握住的手上後，尤吉歐對著青梅竹馬的少女表示：

「這樣……應該可以了吧。」

愛麗絲晃著綁住一頭金髮的大蝴蝶結確實地點了點頭。

「嗯。接下來就交給那兩個人吧，他們一定會將世界帶往應該前進的方向。」

「說得也是。那……我們走吧。」

「嗯。」

不知不覺間，尤吉歐也變回幼年時的模樣。和同年紀、同身高的少女緊緊握住對方的手後，尤吉歐便朝著迴廊遠方露出的白光走去。

這個瞬間——

被賦予ＮＮＤ７－６３６１這個ＩＤ的人類個體的耐久度數值歸零了。

接到這個訊號後，控制LightCube Cluster的程式隨即對收納該搖光的LightCube發出一道命令。

收到命令的介面也忠實地將連結的鐠結晶構造體格式化。

包含在裡面的一百幾十億Cubit光子，留下一瞬間的光芒後開始擴散——

一個名字叫尤吉歐，主觀時間活不到二十年的靈魂就這樣永遠從小立方體裡被解放出來。

幾乎在同一時間……

另一個收納位置距離尤吉歐的LightCube相當遠的LightCube也進行了同樣的處理。

那個由非正規操作製造出來的搖光，擁有從名為愛麗絲．滋貝魯庫的靈魂裡分離出來的記憶。而那個搖光現在也從結晶的籠牢裡被解放出來。

目前沒有任何人知道，構成兩條靈魂的光子集合體究竟消失到哪裡去了。

7

在尤吉歐的身體，以及他胸口的愛麗絲記憶碎片同卡迪娜爾的遺骨一樣變成光粒消失前，我一直跪在那個地方。

跪了不知道多久的時間。

回過神來的我才發現，窗戶外面旋轉的閉鎖空間不知不覺間已經消失，滿天星空回來了。遙遠東方的地平線上，淡紫色曙光正要造訪橫躺在該處的盡頭山脈。

幾乎失去所有思考能力的我，搖搖晃晃地撐起身體，靠近躺在遠方的騎士愛麗絲。

愛麗絲的傷勢也相當嚴重。但幸運的是，身上大部分都是燙傷所以出血較少，天命也不再持續減少了。用左手抱起愛麗絲後，她雖然還是沒有恢復意識，但微微動了一下眉毛，並從嘴唇裡呼出細微的氣息。

我一邊抱著愛麗絲，一邊慢慢、慢慢地朝大房間北端前進。

目前只剩它還是毫髮無傷的水晶系統控制臺，就這樣閃爍著無機質的光輝迎接著我。

我輕手輕腳地把愛麗絲放到地板上，然後以左手指尖敲了其中一個透明鍵。螢幕立刻亮了起來，接著映照出複雜的管理畫面。

雖然使用者介面幾乎全是神聖語，不對，應該說全是英語所構成，但接連觸碰畫面後，終於發現我在尋找的指令。

外部監視者呼叫（External observer call）。

我凝視著擁有這個名字的標籤好一陣子。

監視者。創造、運作、注視這個世界的人們。

他們，也就是新興企業ＲＡＴＨ的工作人員們對我說了唯一一個——但同時也是異常巨大的謊。

感覺好像已經是遙遠過去的，現實世界二〇二六年六月。我以測試者的身分，參加了ＲＡＴＨ所開發的次世代型完全潛行機器「Soul translator」的長時間連續運轉測試。

測試期間是連續三天。藉由ＳＴＬ的搖光加速機能，我在測試用ＶＲ世界裡度過現實時間的約三．三倍，也就是十天的時光，然後為了保持機密而封鎖了我的記憶。當時ＲＡＴＨ是這麼對我說明。

但那根本是謊言。我在測試中潛行進去的不是測試用的世界，而是我目前置身的地底世界。而且我在裡面度過的時間根本不只十天。恐怕是三百倍以上……也就是長達十年。

沒錯。我在三天的測試中，在人界北邊盡頭的小村莊裡，再次經歷了從幼兒期到十一歲為

止的孩提時代。每天都和身為我青梅竹馬的亞麻色頭髮男孩以及金髮女孩玩到全身髒兮兮，到了傍晚才會三個人一起沿著河川旁邊的土堤走回村子。

兩年前在這個世界裡醒過來的我，在森林的河邊所看見的夕陽光景。以及和尤吉歐戰鬥時感受到的，小孩子之間表演武打劇的感覺。還有剛才尤吉歐即將失去生命時，出現在我眼前的白金櫟木劍騷動，這些全都不是幻覺。

那是我確實體驗過，然後又被消除的記憶碎片。我、尤吉歐以及愛麗絲一起在盧利特村長大，只是在今天之前我完全忘記有這回事。

而尤吉歐與愛麗絲也一樣被消除了和我一起成長的記憶，並在這種情況下長大。不過可能也因為這樣，被最高司祭合成過的兩個人才和其他整合騎士不一樣，依然保有一部分自己的意識。

事到如今，RATH到底為什麼要讓我這個異類混入這個文明模擬世界已經不重要了。但有一件事情我絕對無法釋懷。

就是我八年前也在那裡。

在幼年愛麗絲要被整合騎士迪索爾巴德帶走的那個地方。

尤吉歐長時間以來一直因為這件事而責備自己。一直因為沒能解救愛麗絲而感到相當懊悔。他的悔恨有一半原本應該由我來背負才對啊。但我卻自己忘記了過去……甚至直到尤吉歐犧牲生命的瞬間，都沒注意到他的痛苦有多深…………

「嗚……嗚……咕……！」

我的喉嚨裡發出了異樣的聲音，用盡所有力氣咬緊的牙根也發出劇烈的摩擦聲。

我抬起僵硬的左手，以發抖的指尖觸碰呼叫監視者的按鍵。

結果日文的對話框隨著警告音浮現。

「實行此操作將使搖光加速倍率固定在1．0倍。是否確定實行？」

我毫不猶豫地按下ＯＫ鍵。

突然間有種空氣黏度增加的感覺。

聲音、光線等一切全都被拉長、遠去，然後我又趕上它們。簡直就像自己的動作、思考也在一瞬間變成超慢模式的不舒服感一瞬間襲來，然後又立刻消失。

畫面的正中央打開了一道黑色視窗。視窗中間顯示著音聲程度儀表，上面還有ＳＯＵＮＤ ＯＮＬＹ的文字列正在閃爍。

七彩色的儀表忽然跳動了一下。

接著一口氣上升。同時也有沙沙的噪音傳進耳朵裡。

我認為那是現實世界的聲音。

和地底世界的狀況完全無關，重複著平穩日常生活的「對面」世界。流血、疼痛，甚至是死亡都屬於例外事項的真實世界。

好不容易才壓抑住的幾道情感風暴從身體深處湧起，撼動我整個人。

我把臉靠近控制臺，以能發出的最大音量叫著把我帶到地底世界的男人的名字。

「菊岡……聽得見嗎，菊岡！」

如果自己的手現在能碰到菊岡誠二郎或者其他管理者，我可能會動手把他們勒死。

我用因為無處可發洩憤怒而發抖的左拳敲打大理石桌，再大叫了一次：

「菊岡——！」

緊接著——從畫面傳出某種聲音。

那不是人聲，而是「喀噠噠噠、喀噠噠噠噠」這種輕脆的破裂聲。

這聲音馬上讓我想起好幾年前，在名為Gun Gale Online的ＶＲＭＭＯ遊戲裡曾經聽過的衝鋒槍連射聲。但是這個畫面之外應該是ＲＡＴＨ這間小規模新興企業的研究室才對，為什麼會傳出這種聲音呢？

茫然站在現場的我，這次又聽見人類的聲音……不過是在緊張情勢下大叫的對話。

「——行了，Ａ６通道已經遭入侵者占據！我們要撤退了！」

「想辦法在Ａ７應戰！爭取鎖住系統的時間！」

再次響起喀噠噠的聲音，還有零散的爆炸聲參雜在其中。

這到底──是怎麼回事？

是電影嗎……？工作人員在研究室裡看影音串流的聲音傳了過來？

但這時又有沒聽過的聲音叫著我認識的名字。

「菊岡二佐，撐不住了！我們將放棄主控室，關閉耐壓隔板！」

接著就是一道沙啞的銳利聲回答：

「抱歉，再撐個兩分鐘！現在這裡不能被奪走！」

菊岡──誠二郎，把我誘進這個世界的男人。

我從沒聽過他發出如此迫切的聲音，畫面的另一端到底發生什麼事情了？

──難道ＲＡＴＨ正遭受襲擊？但是……為什麼？

我再度聽見菊岡的聲音。

「比嘉，封鎖還沒結束嗎？」

回答他的也是我認識的聲音。他是ＲＡＴＨ的研究員，當我進行潛行測試時待在旁邊觀測的比嘉健。

「還要八……不對，七十秒……──啊…………啊啊啊啊！」

不知道受了什麼驚嚇，比嘉的聲音忽然變得沙啞。

「菊先生！裡面有人呼叫！不是啦，是Underworld裡面！這是…………啊啊啊，是他，桐谷小弟啊！」

「什……什麼！」

接著是跑近的腳步聲，然後是「喀」一聲抓住麥克風的聲音。

「桐人，你在嗎？你在那裡嗎？」

這人無疑是菊岡誠二郎。於是我壓下疑惑，開口大叫：

「沒錯！聽好了菊岡……你……你做的事情……！」

「之後要怎麼罵我都沒關係！現在先聽我說！」

這不符合他個性的拚命感讓我不禁閉上嘴巴。

「聽好了……桐人，去找一名叫作愛麗絲的少女！然後把她……」

「哪還用找……她就在這裡！」

我叫著回答後，換成菊岡瞬間沉默了下來。然後又像是很著急般──

「竟……竟然有這種事……真是奇蹟！好……好了，等這次的通訊切斷，我會把FLA調回一千倍，然後你就帶著愛麗絲到『世界盡頭的祭壇(World End Altar)』去！雖然你現在使用的內部控制臺直接連結主控室，但這裡已經要被攻陷了！」

「什麼攻陷……到底怎麼回事……」

「抱歉，沒時間跟你說明了！聽好了，祭壇是從東大門出去後一直往南……」

這時一開始聽見的聲音在極近距離響起。

「二佐，雖然關上了A7的隔板，但也只能爭取到幾分鐘……不對，啊啊，糟糕！那些傢伙似乎開始切斷主電源的纜線！」

「咦咦咦，不行啦，那樣會完蛋！」

這時有所反應的不是菊岡，反而是比嘉發出尖銳的悲鳴。

「菊先生，現在主電源纜線被切斷會產生突波！LightCube Cluster雖然被保護住了……但過電流會把副控裡桐谷小弟的STL……搖光會被燒掉的啊！」

「什麼……怎麼可能，STL應該有好幾重安全裝置才對……」

「就說全部被切掉了啊！他目前正在接受治療！」

比嘉他們到底在說什麼？

電源切斷的話，我的搖光會有什麼問題嗎？

這時還是由菊岡的聲音打破了零點幾秒的沉默。

「這裡的封鎖工作就交給我！比嘉，你帶神代博士和明日奈小妹撤退到上軸區，然後幫忙保護桐人！」

「但……但是，愛麗絲該怎麼辦？」

「把FLA倍率提升到極限！其他的事情之後再想，現在還是先保護他……」

我根本沒有注意接下來的相互叫嚷到底說了些什麼。

出現在菊岡話裡的一個名字給我的意識強烈的衝擊，也像暴風般讓我產生了動搖。

——明日……奈？

——亞絲娜在那裡？她在ＲＡＴＨ嗎……？但是她怎麼會到這裡來？

我為了質問菊岡而把臉靠近控制臺。

但在我出聲前，一開始聽見的聲音已經搶先發出悲痛的尖叫。

「不行了……電源被切掉了！螺旋槳要停下來了，所有人準備接受撞擊！」

緊接著——

我看見了不可思議的東西。

遙遠的上空無聲地降下許多貫穿中央聖堂天空的白色光柱。

只能抬頭往上看的我，就這樣被無數的無聲光線貫穿了。

這時我沒有任何疼痛、衝擊或者其他任何的感覺。

但我還是領悟到自己已經受到難以回復的重傷。有種……光線不只貫穿我的肉體，甚至還直接貫穿了靈魂的感覺。

某種定義我這個存在的重要事物被撕碎並且消失。

時間、空間以及記憶都溶化在虛無的空白當中。

我到底——

連這句話也失去了意義。

在思考能力被奪走前，我聽見從遠處傳來一道聲音。

「桐人……桐人！」

那是讓人懷念到想哭、憐愛到快發狂的聲音。

那到底是——

——誰的聲音呢……？

（Alicization uniting 完）

後記

各位大家好。謝謝您閱讀這本《刀劍神域14 Alicization uniting》。

從「beginning」→「running」→「turning」→「rising」→「dividing」一路進行過來，Alicization篇到本集也算暫時告一個段落了。

還記得二〇〇八年末左右，當我和責任編輯討論ＳＡＯ的出版時，他曾經說過「把出版到Alicization篇為止當成目標吧」。那時因為覺得還是太遙遠的事情，所以沒什麼真實感，想不到一回過神來才發現人界篇也已經結束了，真的會讓人感嘆時間的腳步（以及累積集數的速度）實在太快了……

【注意：從這裡開始將會提及本集的核心內容！】

從第9集到14集為止，一直是桐人的伙伴兼好友，同時也是另一名主角的尤吉歐終於離開故事的舞台了。以系列的主要角色來說，很少有像他這樣沒有什麼自我主張的人，離開故鄉的村莊後，才進到央都的學院就讀就被逮捕，然後逃獄爬上高塔，在這漫長的冒險當中，總給人他一直追在桐人身後的印象。

其實從web版改寫成文庫版時，我曾認真想過要改變尤吉歐的命運。web版的尤吉歐從頭到尾都一直壓抑著自己，然後就直接退場了，所以既然有這個重新嘗試的機會，我便覺得也可以讓他抓住自己的新命運。

但結果還是沒辦法如我所願。改稿作業來到「那個場景」時，我還是沒辦法改寫早先的故事。簡直就像尤吉歐本人拒絕命運改變一樣。或許這就是一直壓抑著自己的他，最後且最大的主張吧。

剛才曾經提到過〈人界篇〉，但Alicization篇的舞台將會更為擴大，故事還會繼續進行一下子。現實世界裡大家熟悉的角色也會陸續再次登場，所以今後也請大家多多指教！

我想本書出現在書店裡的時候消息應該已經公布了，電視動畫系列「Sword Art Online刀劍神域II」也終於要在七月開播了。屆時也請大家務必收看！然後這次依然因為拖稿而給插畫家abec老師，以及責任編輯三木先生添了很大的麻煩。下一集……我會努力的……！

二〇一四年三月某日　川原 礫